SOMMAIRE

INTRODUCTION

La cinquième planète était très curieuse. C'était la plus petite de toutes. Il y avait là juste assez de place pour loger un réverbère et un allumeur de réverbères. Le Petit Prince ne parvenait pas à s'expliquer à quoi pouvaient servir, quelque part dans le ciel, sur une planète sans maison, ni population, un réverbère et un allumeur de réverbères.

Antoine de Saint-Exupéry, *Le Petit Prince*, 1943

La situation de la poésie, dans la culture contemporaine, est paradoxale. On ne manque ni d'ouvrages sur la poésie, ni d'hommes et de femmes revendiquant le titre de poète ou de poétesse, ni de recueils de poèmes, même si ces derniers connaissent une diffusion confidentielle ; pourtant, l'image de la poésie, quand elle ne se réduit pas à celle des grands auteurs dont les commémorations nationales relancent épisodiquement la vogue, paraît confuse, troublée par la diversité des formes et des styles. Partant de ce constat ambigu, on aurait tort de conclure trop vite au déclin du genre, d'incriminer par la même occasion la disparition des techniques traditionnelles de versification ou, simplement, l'obscurité des textes contemporains, enfin de forger par contraste le mythe d'un âge d'or poétique, qui engloberait toute la production passée, de la Pléiade au surréalisme.

Prestige et marginalité

Il est vrai que, jadis, la poésie a été encouragée, rémunérée, protégée par les rois, les cours et les salons aristocratiques, au même titre que les autres arts de prestige : cela ne signigie pas qu'elle ait été reçue et appréciée au-delà de ces cercles élitaires, mais numériquement étroits. Du point de vue du public et du marché du livre, elle a presque toujours représenté un phénomène marginal, économiquement négligeable et culturellement mineur. Le poète, lui, a rarement manqué de percevoir autour de lui, indissolublement mêlés, des sentiments d'estime pour le labeur accompli, de commisération pour son inutilité, d'exaspération pour l'honneur revendiqué ; au XVIIe siècle déjà, Malherbe admettait qu'« un bon poète n'était pas plus utile à l'État qu'un bon joueur de quilles ».

Dans cette perspective, qui est celle de l'histoire sociale de la littérature, deux brèves périodes font exception : les années 1820, qui voient le succès des *Méditations* de Lamartine et des premiers recueils romantiques, et l'époque de l'Occupation puis de la Libération, marquée par une profusion d'auteurs, de revues et de maisons d'édition. C'est d'ailleurs la proximité de cette dernière ère de prospérité qui a poussé certains observateurs à pointer la décadence d'aujourd'hui, victimes de la myopie habituelle aux tentatives d'histoire immédiate. En outre, la Restauration comme l'Occupation offrent des circonstances favorables au développement de la poésie ; un bref regard sur les littératures étrangères suffit à montrer que, malheureusement, la dictature et la censure constituent un terreau autrement nourricier que la démocratie : le journalisme et la poésie semblent condamnés à des destins croisés.

Cependant, l'inquiétude actuelle a de vraies causes. La première est liée au poids croissant des intermédiaires culturels — autrement dit, des médias — dans la création intellectuelle et artistique ; l'idée est maintenant banale, un de ces lieux communs dont on ne discute plus la pertinence, au point d'en oublier parfois la portée : rien n'est communicable, et *a fortiori* communiqué, s'il ne suit les lois générales qui régissent le système de la communication sociale. La question n'est donc pas de savoir si la poésie est devenue marginale, mais si une activité par essence marginale est encore concevable aujourd'hui sous une autre forme que des traces fossiles.

La deuxième cause d'inquiétude est d'ordre scolaire : la maîtrise de la langue, dans le système éducatif français et, en particulier, dans l'enseignement secondaire, a reposé, depuis la Contre-Réforme et la création du collège jésuite, sur deux savoirs : la méthode argumentative et la technique poétique, plus ou moins agglomérées sous le nom vague de rhétorique. Le Français cultivé connaissait la poésie parce qu'il avait étudié les auteurs dans sa jeunesse, et qu'il avait lui-même fabriqué des vers ; par ailleurs, il lui arrivait, pour se distraire, de lire des romans. Or, ce paysage scolaire a considérablement évolué au cours de notre siècle, où la fiction narrative a pris une place toujours plus grande dans les programmes, au point de s'identifier, dans l'esprit de beaucoup de lycéens, à la littérature même. S'ils ne l'ont pas devancée, les pédagogues semblent du moins avoir admis la domination de la narration en prose.

Peu importe, sans doute. Mais, parmi l'ensemble de ses rôles sociaux, l'École a pour fonction d'assurer l'évolution du corpus des oeuvres, en accordant à une minorité des auteurs publiés le statut de classique ; ainsi fait-elle accueil, chez les romanciers, à Michel Tournier, Georges Perec ou Le Clézio, après s'être longtemps arrêtée aux « nouveaux romanciers » : rien n'assure qu'elle soit prête à faire de même pour la poésie. Il est bien sûr impossible, et dans une certaine mesure absurde, de vouloir établir une quelconque hiérarchie au sein de la production protéiforme d'aujourd'hui. Mais cette absence de classement, si contraire à la pente habituelle de l'esprit humain, ne laisse pas d'inquiéter pour la pérennité du genre : la poésie ne serait-elle pas ainsi conviée à devenir une pratique individuelle d'écriture, hors du champ de l'histoire littéraire ?

Les ambiguïtés du genre

Répondre à une telle interrogation ne fait partie ni des objectifs de cet ouvrage, ni des ambitions de son auteur. Mais il a paru indispensable, avant de présenter une synthèse de nos connaissances sur la poésie, de mesurer le degré d'incertitude qui marque son présent et son devenir. Car cette sorte de présence/absence, qui apparaît comme son mode d'être historique, dévoile aussi l'essence du genre, indécis dans sa finalité, indéterminé dans ses contours et ses structures. La poésie existe, sans qu'on en sache vraiment le quoi, le pourquoi, le comment, ainsi que le montrent ces trois couples d'énoncés contradictoires, et pourtant également tenus pour vrais :

1. – La poésie est d'élaboration plutôt facile, ne nécessitant ni le travail d'agencement propre aux textes longs, ni la construction d'un univers fictif complexe et cohérent ; sur ces deux points, elle présente moins d'obstacles techniques que le roman, et l'amateurisme y est un péché plus pardonnable : l'apprenti-écrivain commencera par la poésie avant de s'attaquer au roman.

– La poésie est la forme suprême de la littérature : s'interdisant les facilités du récit, elle suppose une maîtrise parfaite des ressources langagières ; elle est l'apanage des vrais artistes.

2. – La poésie est un artisanat du langage, dont les réalisations nécessitent des techniques précises, concrètes, descriptibles.

– La poésie s'épanouit dans les régions les plus mystérieuses du langage, et il est d'autant moins possible d'en énoncer les règles qu'elle a pour charge de suggérer l'indicible.

3. – La poésie est le résultat d'une très longue tradition où sont venus se sédimenter, siècle après siècle, thèmes, procédés, images : le poète est d'abord un savant.

– La poésie, parce qu'elle s'écarte du langage courant et banal, sert à l'expression des sentiments spontanés, bruts. Elle traduit la pensée prélogique de l'écolier, canalisée par l'instituteur dans des exercices de libre écriture, puis le refus adolescent des fausses cohérences et des vaines convenances : c'est, par excellence, le lieu de la confidence et le signe de la singularité.

Toutes ces formules, maladroites et approximatives, ont leur part de vérité : mieux vaut, surtout lorsqu'il s'agit d'initiation, des curiosités naïves que des contournements habiles et tacites. Le plus séduisant de ces derniers consiste, plutôt que de s'interroger sur l'unité et la permanence du fait poétique, à commencer l'histoire du genre avec Baudelaire ou Rimbaud ; il faut alors renvoyer tout ce qui précède à une vague préhistoire, ou à la chronique d'un asservissement auquel les écrivains auraient échappé en libérant le vers, comme si, jusque-là, on ne pouvait être poète que malgré la poésie et contre elle. Ces choses-là ne sont pas dites, mais constituent l'arrière-plan implicite de nombreux discours, au demeurant très instructifs, sur la poésie. Tel est, justement, le premier objectif de cet ouvrage : tenter de concilier l'unité dynamique du genre et l'hétérogénéité de ses avatars.

Le deuxième objectif découle de la même humilité méthodologique : dès lors qu'on s'écarte des préceptes dont abondaient, naguère, les manuels de versification normative, ou des concepts élaborés plus récemment par les sciences qui, à divers titres, ont compétence sur le langage, bien des points restent obscurs : qu'est-ce qu'un rythme poétique ? Que recouvre la notion de musicalité ? Comment concevoir l'interprétation ou la lecture d'un poème ? Tout en nous gardant de donner pour assuré ce qui reste problématique, nous nous efforcerons de poser nettement les termes du débat, avant de suggérer, chaque fois que nous le croyons possible, une conclusion personnelle, provisoire et susceptible d'applications.

Car nous n'oublions pas que le premier utilisateur de cet opuscule sera l'étudiant, et qu'il en attendra des bases solides, des définitions précises, bref un savoir aisément mobilisable dans la perspective de ses travaux universitaires. Pris entre le désir de respecter la complexité des faits observés et la volonté de présenter un vade-mecum d'une utilité immédiate, il ne nous a pas toujours été facile de trouver la solution de compromis satisfaisante, et nous avons pris le parti de juxtaposer les discours de la théorie et de la pratique : à chacun de cheminer selon son gré, son courage ou le temps dont il dispose, en s'aventurant, le cas échéant, dans les voies entrouvertes par la bibliographie.

Cette hésitation entre la pertinence et l'efficacité dérive d'une ambiguïté propre à la poésie : comme tout art, celle-ci existe à la fois par elle-même et par la médiation de celui qui en jouit (le lecteur). Se demander ce qu'est un poème, c'est donc rechercher comment il est structuré (ou encore : comment il a été fabriqué) et comment il faut le lire. Si les deux perspectives ne sont pas strictement superposables, on admettra que la deuxième prolonge, au moins partiellement, la première. D'où l'itinéraire que nous suivrons au fil des chapitres : après avoir réuni les éléments d'une définition possible de la poésie (chapitre I), nous proposerons un très rapide survol de la poésie française, y compris ses origines gréco-latines (II). Ensuite, nous passerons en revue les composantes principales d'un poème (ou, suivant l'autre point de vue, les ingrédients indispensables à son explication) : le rythme (III), les sonorités (IV), les images (V), l'énonciation (VI). Enfin le dernier et bref chapitre « Du sens » (VII), point de convergence logique des analyses qui le précèdent, doit se comprendre des façons les plus diverses : quelles sont les significations d'un poème, et comment les déceler ? Quel est le sens — la direction, la visée — de l'activité poétique (ce peut être le non-sens) ? *Last but not least*, en quoi l'explication, qui aboutit toujours, malgré qu'on en ait, à la recherche du ou des sens, est-elle compatible avec le phénomène poétique ? Rien ne permet d'affirmer que les meilleurs poèmes soient ceux qui engendrent le plus de commentaires et, de son côté, le bon lecteur est peut être celui qui se réjouit en silence de son bonheur. Mais ceci est une autre affaire, qui ne fait pas celle de l'étudiant en lettres, ni de ses professeurs.

1

DÉFINITION(S) DE LA POÉSIE

Le mot poésie vient du verbe grec *poiein* (fabriquer, produire) ; si cette étymologie a donné lieu à quelques exégèses enthousiastes (le poète est un créateur de beautés réelles, non un technicien ou un illusionniste), elle laisse sur sa faim celui qui entreprend de donner une définition précise de la poésie. La tâche paraît particulièrement urgente depuis que, il y a près d'un siècle, l'application de règles métriques n'a plus paru indispensable. Non qu'on ait jamais cru que poésie et versification fussent une seule et même chose. Mais il en allait comme de la distinction entre les hommes et les femmes : si la différence anatomique est loin de tout expliquer, elle offrait, jusqu'il y a peu, un repère commode et à peu près infaillible. Pendant longtemps, on s'est donc interrogé sur l'essence de la poésie, mais sans inquiétude et comme on ferait d'un sujet d'école, puisque chacun avait, par le moyen du vers, la perception intuitive et quasi immédiate de la ligne de démarcation qui séparait la poésie d'avec la prose. Le relâchement, puis la disparition des formes métriques risquaient de remettre en cause la cohérence structurelle, puis l'identité culturelle de l'art poétique.

Les définitions de tous genres et de tous styles ont alors proliféré, souvent sous la plume de poètes, eux-mêmes engagés dans une démarche littéraire personnelle ; il s'agissait donc de manifestes ou de programmes, dont le caractère ouvertement polémique conduisait à exagérer les oppositions et les ruptures, au détriment des permanences profondes que cachent, bien souvent, le changement de vocabulaire et l'ombre envahissante des enjeux idéologiques du moment. Pourtant, dès les origines gréco-latines de la littérature occidentale, un consensus théorique semble s'établir assez vite, non pas sur une seule définition, mais autour d'un ensemble d'éléments définitionnels complémentaires. Dès lors, les querelles esthétiques s'expliquent surtout par l'importance variable accordée, au cours de l'histoire littéraire, à tel ou tel de ces éléments, ou par les conséquences concrètes que chacun en tire, sur le terrain de la création poétique.

1. Le fonds grec

1.1 Les deux mythes fondateurs

Dans son recueil des *Regrets* (1558), Du Bellay évoquait les Muses mélancoliquement :

> Où sont ces doux plaisirs qu'au soir, sous la nuit brune,
> Les Muses me donnaient, alors qu'en liberté,
> Dessus le vert tapis d'un rivage écarté,
> Je les menais danser aux rayons de la lune.

Avant d'être ces danseuses un peu louches, substituts personnifiés de la poésie, les Muses occupaient une place précise et éminente dans la mythologie grecque.

Petites filles du Ciel et de la Terre (Ouranos et Gaïa, ancêtres de toutes les divinités), filles de Mnémosyne et de Zeus, elles apparaissent très tôt dans la généalogie divine ; à la fois filles et cousines de Zeus, elles jouissent d'une position hiérarchique très élevée, comparable à celle des grands dieux olympiens. Car l'univers est force et matière, mais aussi ordre et harmonie : le mythe figure un lien consubstantiel entre le réel et la musique, la nature et l'artifice. Leur mère Mnémosyne est déesse de la mémoire, faculté de l'esprit qui, grâce à la réminiscence, donne sens et cohérence à la pensée : retenons que la musique est née du souvenir — principe actif de l'intelligence, et non conservatoire du passé. Elle désigne globalement les compétences des neuf Muses, soit, par ordre d'importance, la poésie épique (Calliope), l'histoire (Clio), la pantomime (Polhymnie), la flûte (Euterpe), la danse (Terpsichore), la poésie lyrique (Erato), la tragédie (Melpomène), la comédie (Thalie), l'astronomie (Uranie). Si la primauté est accordée à l'épopée, tous ces arts ont pour points communs la mesure et le nombre, qu'il s'agisse de mots, de notes, de gestes, d'étoiles. Voilà évoquées les deux composantes les plus obscures de la théorie poétique : la réalité (ou le référent) et le nombre.

L'histoire ne s'arrête pas là : Calliope (ou Polhymnie) eut un fils nommé Orphée. Musicien et poète, inventeur de la cithare, il avait le pouvoir de soumettre à sa volonté animaux, végétaux, minéraux ; compagnon des Argonautes, il les sauva de la noyade en les détournant, par son chant, des sirènes ; enfin, il descendit aux enfers rechercher sa femme Eurydice, et il aurait réussi s'il ne s'était retourné trop tôt vers elle, malgré l'interdiction qui lui en avait été faite : inconsolable, il dédaigna toutes les femmes de son pays qui se vengèrent de lui en le tuant. Orphée donne au poète trois de ses attributs traditionnels : la puissance magique, l'aptitude à ressentir et à exprimer les sentiments les plus intimes (notamment l'amour) et la solitude maudite.

1.2 Les préceptes d'Aristote

Si Platon chasse le poète de la cité idéale qu'il imagine dans la *République*, Aristote fait figure, depuis le IVe siècle, de grand législateur littéraire. Son œuvre doctrinale, dont s'inspirera, directement ou indirectement, toute la culture intellectuelle de l'Occident, couvre tout le champ de la logique, de la rhétorique et de la poétique. Pour cette dernière, le traité fondamental est la *Poétique*, étude incomplète, et probablement inachevée, de trois genres majeurs (l'épopée, la tragédie, la comédie).

Aristote part du principe d'imitation : « L'épopée et le poème tragique, comme aussi la comédie, le dithyrambe et, pour la plus grande partie, le jeu de la flûte et le jeu de la cithare, sont tous d'une manière générale des imitations » (1447 a).

La culture antique distingue ainsi nettement *la dialectique* (l'art de parvenir au vrai par la discussion), *la rhétorique* (l'art de convaincre par une argumentation ordonnée) et *la poétique* (l'art de l'imitation). À l'époque moderne, la tradition occidentale maintiendra, parfois sans le savoir, la distinction entre une rhétorique persuasive, que l'orateur utilise à son profit pour obtenir un effet maximal, et une rhétorique littéraire, dont la fonction est l'embellissement.

Logiquement, Aristote refuse l'appellation de poèmes à des œuvres en vers non fondées sur l'imitation : « En effet, ceux qui exposent, au moyen de mètres, même un sujet de médecine ou de physique, on a coutume de les appeler ainsi [poètes] ; cependant, il n'y a rien de commun entre Homère et Empédocle [philosophe de la nature]. Aussi conviendrait-il d'appeler l'un poète et l'autre naturaliste plutôt que poète » (1447 b).

Cependant, la conception aristotélicienne du poétique ne recouvre pas notre idée du littéraire, parce qu'elle ne fait pas l'économie du vers. Comme Aristote le regrette lui-même, il n'existe pas de terme générique pour désigner l'imitation linguistique : « Quant à l'art qui imite par le langage seul, prose ou vers, vers différents mélangés ou vers tous du même genre, il est resté sans dénomination jusqu'à ce jour » (1447 a-b).

La poésie se présente donc comme la réunion de deux tendances naturelles de l'homme, l'imitation et le rythme : « L'instinct d'imitation étant naturel en nous, ainsi que la mélodie et le rythme (car il est évident que les mètres ne sont que des parties des rythmes), dans le principe ceux qui étaient le mieux doués à cet égard firent petit à petit des progrès et la poésie naquit de leurs improvisations » (1447 b).

À l'exception des arts plastiques (peinture et sculpture), il y a autant de techniques d'imitation que de combinaisons possibles entre le langage, le rythme et la mélodie :
– rythme seul : danse ;
– langage seul : prose imitative ;
– rythme + mélodie : musique;
– rythme + langage : poésie récitée ;
– rythme + langage + mélodie : poésie chantée.

2. Les mots et les choses

2.1 La *mimésis*

Mieux vaut désormais employer ce terme plutôt que celui d'imitation, dont il est le strict équivalent grec. Pour l'homme du XXe siècle, deux significations parasites viennent se greffer sur le mot d'imitation. D'une part, il constitue l'un des pôles du couple imitation *vs* originalité : imite celui qui n'est pas capable de faire œuvre personnelle ; d'autre part, il s'oppose au libre jeu de la fantaisie imaginative, et est perçu comme un synonyme vieilli du réalisme.

La *mimésis* se conçoit par référence à l'argumentation. Celle-ci est linéaire comme tout acte de langage (un mot prononcé chasse le précédent) et, au terme d'une suite de raisonnements, d'exemples et de preuves, conduit le lecteur ou l'auditeur à approuver la conclusion : peu importe s'il a oublié quelques-unes des étapes intermédiaires. En revanche, la *mimésis* poétique a l'ambition, comme la *mimésis* picturale, de produire une représentation artistique de la réalité; mais le poète, à la différence du peintre, ne peut disposer sur l'espace de la toile traits et couleurs, perceptibles d'un seul coup d'œil : il lui faut le temps de la lecture, à condition que les mots ne s'évanouissent pas de la mémoire aussitôt qu'ils ont été lus. La *mimésis* poétique se reconnaît à cette tension particulière qui s'établit en elle entre la linéarité naturelle du langage et la permanence artistique, vers laquelle elle tend sans jamais la réaliser pleinement ; concrètement, c'est au nom de cette tension que le commentateur s'accorde le droit d'analyser un poème comme si tous les mots étaient présents, au même instant, dans la conscience du lecteur.

En outre, le domaine de la *mimésis* est la chose concrète et singulière, non la notion abstraite ou l'appellation collective ; par profession, le poète se méfie de la vertu généralisante du langage. Le mot poétique imite la chose, il la transpose, la déplace de l'ordre des réalités tangibles vers celui du langage ; du moins le voudrait-il. Nous tenons là un premier élément de définition : *la poésie établit une relation privilégiée entre les mots et les choses* ; par ses moyens propres, elle réactive le langage, système arbitraire et conventionnel de communication. À la limite, la poésie est à la prose ce que l'art photographique peut sembler au cinéma, un arrêt sur image : « Voilà le rôle de la poésie. Elle dévoile, dans toute la force du terme. Elle montre nues, sous une lumière qui secoue la torpeur, les choses surprenantes qui nous environnent et que nos sens enregistraient machinalement » (Jean Cocteau, *Le Secret professionnel,* 1926).

Mais la *mimésis* ne se limite pas à la dénomination, ni à la description. Au contraire, on peut rêver d'une poésie qui produise les mêmes impressions que la chose, sans que celle-ci soit désignée. Mallarmé a théorisé le procédé sous le nom de transposition : « Les monuments, la mer, la face humaine, dans leur plénitude, natifs, conservant une vertu autrement attrayante que ne les voilera une description, évocation dites, *allusion* je sais, *suggestion* [...] Parler n'a trait à la réalité des choses que commercialement : en littérature, cela s'y contente d'y faire une allusion ou de distraire leur qualité qu'incorporera quelque désir [...] Cette visée, je la dis Transposition » (*Variations sur un sujet,* 1895).

Le refus d'expliciter le lien entre la chose concrète et l'impression qu'elle a faite sur le poète est d'ailleurs une des raisons majeures des difficultés d'interprétation que présente la production contemporaine : « Quand un poète vous semble obscur, cherchez bien, et ne cherchez pas loin. Il n'y a d'obscur que la merveilleuse rencontre du corps et de l'idée, qui opère la résurrection du langage » (Alain).

2.2 La doctrine classique

Bien sûr, au cours des siècles, ce lien entre les mots et les choses a adopté des aspects très différents. À l'époque classique (XVIIe-XVIIIe siècles), le poète avait pour mission d'élaborer de belles et édifiantes imitations de la nature. Marmontel rappelle, dans la *Poétique française* (1763), ce principe qui fut considéré, jusqu'au romantisme, comme la base incontestable de toute composition poétique : « L'idée que j'attache à la Poésie est [...] celle d'une imitation en style harmonieux, tantôt fidèle, tantôt embellie, de ce que la Nature, dans le physique et dans le moral, peut avoir de plus capable d'affecter, au gré du Poète, l'imagination et le sentiment. »

L'imitation se doit d'être exacte, fidèle à son modèle naturel ; le travail d'écriture est réussi lorsqu'il passe inaperçu, permettant pour ainsi dire au lecteur de contempler, au travers des mots, la réalité dépeinte. Cette capacité de faire voir les choses eut un nom significatif, le pittoresque (d'après le Littré : « tout ce qui contribue à faire une peinture exacte bien caractérisée ») ; les défauts étaient, au contraire, le défaut de précision ou la surcharge descriptive : « La dignité et le naturel du style ne sont pas faciles à concilier : en outrant les qualités qui caractérisent le langage poétique, on tombe dans l'exagération. Or le goût, qui condamne l'absence d'ornements, n'en réprouve pas moins l'excès, et le secret du talent est de garder cette juste mesure dont parle Horace » (L. Quicherat, *Traité de versification latine*, 1826).

En effet, le poète, puisqu'il produit un objet esthétique, a le droit d'embellir la nature, et parfois le devoir, si ce qu'il imite n'est pas suffisamment beau en soi : par exemple, il substituera un langage noble et rare, donc métaphorique, au vocabulaire commun. Cependant, ces beautés surajoutées ne doivent pas nuire à l'exactitude de la reproduction.

2.3 La voyance

L'art classique offrait au lecteur la reproduction des spectacles offerts aux yeux de tous. Avec le XIXe siècle commence l'ère des initiateurs, capables d'enseigner les mystères du monde, imperceptibles par les sens humains. La poésie devient un mode de connaissance du réel.

Rimbaud exigera du poète, dans sa lettre célèbre à Georges Izambard du 13 mai 1871, qu'il se fasse voyant, sans craindre de tout éprouver pour retenir la quintessence de chaque réalité : « Je dis qu'il faut être *voyant,* se faire *voyant.* Le poète se fait *voyant* par un long, immense et raisonné *dérèglement de tous les sens.* Toutes les formes d'amour, de souffrance, de folie ; il cherche lui-même, il épuise en lui tous les poisons, pour n'en garder que les quintessences. Ineffable torture où il a besoin de toute la foi, de toute la force surhumaine, où il devient entre tous le grand malade, le grand criminel, le grand maudit, — et le suprême Savant ! — Car il arrive à l'inconnu. »

Au-delà du dérèglement de tous les sens, ce texte suggère une transformation capitale de la poésie, dont la finalité ne relèvera plus désormais de l'esthétique (la science du beau), mais de l'heuristique (la recherche de la vérité).

Et cette vérité est toujours élémentaire, primitive, essentielle ; l'imagination poétique, d'après Gaston Bachelard, se ressource dans les forces matérielles de l'univers, celles de l'eau, du feu, de l'air et de la terre :

« Les forces imaginantes de notre esprit se développent sur deux axes très différents.

« Les unes trouvent leur essor devant la nouveauté ; elles s'amusent du pittoresque, de la variété, de l'événement inattendu [...]

« Les autres forces imaginantes creusent le fond de l'être ; elles veulent trouver l'être, à la fois, le primitif et l'éternel » (*L'Eau et les Rêves,* 1942).

2.4 « Le parti pris des choses » (Francis Ponge)

Moins qu'un art du langage, cette poésie de recherche se veut un mode de perception du monde, l'acuité d'un regard qui, contre l'usure des pensées et des sensations, a pris le parti des choses. Cet effacement des mots devant la réalité fut aussi une des conquêtes du surréalisme. Paul Éluard écrivait en 1939 : « Je n'invente pas les mots. Mais j'invente des objets, des êtres, des événements et mes sens sont capables de les percevoir » (*Donner à voir*, 1939).

Cependant, une telle invention nécessite des mots ; l'ontologie poétique du XXe siècle implique une esthétique. En voici deux formulations, pour terminer cet examen des rapports intimes qui unissent les mots et les choses de la poésie (intimes, mais toujours fantasmatiques : est-il utile de le préciser ?) :

« Concrétiser ! Penser à ce mot. L'abstrait est mauvais et ennuyeux. Ayez un style concret où il soit question de choses, d'objets, de gens. Qui fait l'ange fait la bête, dit Pascal, et il sort de la poitrine de Dieu de l'eau avec le Sang Esprit. L'eau est matière. Très important : Concrétisez ! » (Max Jacob, *Conseils à un jeune poète*, 1945).

« L'espoir est donc dans une poésie par laquelle le monde envahisse à ce point l'esprit de l'homme qu'il en perde à peu près la parole, puis réinvente un jargon [...] Elle [la poésie] est ce qui ne se donne pas pour poésie. Elle est dans les brouillons acharnés de quelques maniaques de la nouvelle étreinte » (Francis Ponge, *Le Grand recueil*, 1961).

3. « De la musique avant toute chose » (Verlaine)

3.1 Le dogme de la musique poétique

À en croire le poète, l'homme primitif a ouvert les yeux sur le monde et s'est mis spontanément à chanter pour en glorifier les beautés : « Aux temps primitifs, quand l'homme s'éveille dans un monde qui vient de naître, la poésie s'éveille avec lui. En présence des merveilles qui l'éblouissent et qui l'enivrent, sa première parole n'est qu'un hymne [...] Il s'épanche, il chante comme il respire » (Victor Hugo, *Préface de « Cromwell »*, 1827).

Cette origine mythique de la poésie est, dès l'Antiquité, un lieu commun du discours théorique : l'hypothèse d'un chant primitif, antérieur au vers littéraire, légitime par avance le lien supposé entre musique et poésie. Dès l'origine, notre deuxième élément de définition semble avoir valeur de dogme : *la poésie est musique*. Eustache Deschamps, un des premiers auteurs français d'art poétique, l'affirmait déjà en 1392 :

« Et est à savoir que nous avons deux musiques, dont l'une est *artificielle* et l'autre *naturelle*.

« L'artificielle est celle dont dessus est fait mention ; et est appelée artificielle de son art, car par ses six notes [...], l'on peut apprendre à chanter [...] le plus rude homme du monde [...]

« L'autre musique est appelée naturelle pour ce qu'elle ne peut être apprise à nul [...] est une musique de bouche en proférant paroles métrifiées » (*L'Art de dictier*).

Par un étrange renversement, la poésie serait donc la vraie musique, dont l'autre — la musique du chant ou des instruments — constituerait l'imitation artificielle. Sans en proposer une formulation aussi radicale, tous les poètes ont exprimé la même conviction sur la musicalité de la poésie, qu'ils ont tenté de prouver en adaptant aux textes les techniques de la musique. Partant de considérations sur la longueur supposée des syllabes, on a rythmé les vers en blanches, noires ou croches ; d'observations phonétiques, notamment sur la hauteur des phonèmes, on a inféré des règles mélodiques ; ici ou là, on n'hésite pas à parler de polyphonie, d'euphonie, d'harmonie, etc. Stéphane Mallarmé, qu'on ne soupçonnera pas d'accueillir sans réflexion les clichés littéraires, s'inscrit dans la même tradition : « Un solitaire tacite concert se donne, par la lecture, à l'esprit qui regagne, sur une sonorité moindre, la signification : aucun moyen mental exaltant la symphonie, en manquera, raréfié et c'est tout — du fait de la pensée. La poésie, proche l'idée, est Musique, par excellence » (*Quant au livre*, 1895).

Interprétée littéralement, aucune de ces conceptions n'est recevable ; la parole est beaucoup trop hétérogène dans ses ressources phoniques, trop variable dans ses réalisations pour être comparée à la musique, régie par des rapports quasi mathématiques. Comment mesurer strictement, par exemple, la longueur des syllabes, alors qu'elle dépend, dans la plupart des cas, d'une libre décision du lecteur ? À dire vrai, la musique de la poésie est une bien pauvre musique :

« Le poète n'est qu'un musicien entre les autres. Poésie, musique, c'est même chose.

« Je veux bien ; mais, la musique pure ne paraissant pas moins mystérieuse que la poésie, je me demande si ce n'est pas là définir l'inconnu par l'inconnu. Que si, du reste, on se flatte de nous donner ainsi une grande idée de la poésie, il me semble qu'on se trompe. Grêle musique et monotone, dès qu'on la compare à la véritable : Baudelaire à Wagner » (Henri Brémond, *La Poésie pure*, 1925).

Indiscutablement, la notion de musique poétique est une métaphore. Cela ne la disqualifie pas pour autant : peut être est-ce même un des caractères distinctifs de la poésie, d'être évoquée seulement par le détour d'images.

3.2 Le verbe poétique

La musique suppose le rythme, l'alternance de parole et de silence, de temps forts et de temps faibles, l'accélération ou le ralentissement du tempo ; les poètes, même s'ils la savent illusoire, tiennent à la musique du vers, où ils voient le signe de la vie, la transcription littéraire de la pulsation primitive, la respiration humaine. Claudel parle du « métronome intérieur que nous portons dans notre poitrine, l'iambe fondamental, un temps faible et un temps fort » (*Réflexions et propositions sur le vers*, 1925). En deçà du langage articulé et chargé de transmettre le sens, en deçà même des modulations harmoniques de la voix, la poésie ferait entendre le martèlement animal du souffle, qui reprend en écho « les vibrations de l'âme, les initiatives sonores de la simple Psyché » (*Ibid.*). Elle aurait pour mission de redonner à l'homme conscience, possession et jouissance de sa voix, de la circulation tumultueuse de l'air dans la forge des poumons et à travers les organes de la phonation ; sur ce plan physique, les roucoulades de deux Parisiennes bavardes vaudraient tous les poèmes : « Non, ce n'est pas de la prose, cher monsieur, ça n'a aucun rapport, ce sont des vers dont chacun est distinct, dont chacun a une figure sonore différente et contient en lui-même tout ce qu'il faut pour être parfait, en un mot c'est de la poésie latente, brute encore, mais infiniment plus vraie, jaillie d'une source infiniment plus profonde que toutes les malherberies à la mécanique. » (*Ibid.*).

La poésie joue le rôle d'un antidote de la prose écrite qui, dénuée d'accent et d'intonation, a privé le langage de son corps vocal, de cette vie puisée au plus profond de la chair ; selon Vigny, ce dessèchement imputable à l'écrit a contaminé la lecture : « Dès qu'elle est imprimée, la Poésie perd la moitié de son charme. Cela vient de ce qu'on ne sait pas la lire : l'homme du monde, s'il la lit tout bas, le fait avec distraction. La forme régulière et monotone des vers ennuie sa vue, parce que la Poésie est issue de pensée et d'harmonie. Elle perd la moitié d'elle-même en s'imprimant » (*Journal d'un poète*).

L'idée devient, sous la plume robuste de Claudel : « La prose n'est que l'artifice scriptural du bonhomme tiède à sa table de travail qui n'a plus conscience de sa respiration. »

3.3 L'architecture sonore

Les poètes ont une autre raison, à peu près opposée à la précédente, pour vouloir s'annexer les prestiges de la musique : celle-ci se compose, elle est faite de combinaisons structurées et stables de notes, de l'entrecroisement précisément agencé de lignes mélodiques ; elle constitue, dans l'ordre temporel, l'équivalent sonore de ce que l'architecture réalise spatialement, l'édification d'une forme visible, fondée sur des rapports mesurés et pérennes. Musicale, la poésie se rêve libérée de cette successivité discursive qui épuise les mots en leur interdisant de construire un tout cohérent et perceptible. En ce sens, la musique appelle le nombre, la proportion, l'analogie et la poésie est la musique suprême puisqu'elle se passe des notes : « Car, ce n'est pas de sonorités élémentaires par les cuivres, les cordes, les bois, indéniablement mais de l'intellectuelle parole à son apogée que doit avec plénitude et évidence, résulter, en tant que l'ensemble des rapports existant dans tout, la Musique » (Mallarmé, *Crise de vers,* 1896).

À ce degré d'idéalisme, on voit bien que la musique n'est elle-même que la manière métaphorique de désigner l'utopie ultime, la perfection poétique qui, si elle était accessible, se dissoudrait dans le silence de la pure contemplation : « Eh quoi ! ma pensée n'est-elle pas assez belle pour se passer du secours des mots et de l'harmonie des sons ?
« Le silence est la Poésie même pour moi » (Vigny, *Journal d'un poète*).

3.4 Le vers et le poème

Longtemps, la poésie française s'est imaginée musique grâce à l'emploi du vers syllabique (vers caractérisé par le nombre déterminé de syllabes qui le composent) et de la rime ; sur les rapports problématiques qu'entretiennent la poésie et la versification, les remarques qui suivent s'efforcent de clarifier des termes du débat.

Poésie et versification

Il serait absurde aujourd'hui de se demander si la poésie non versifiée est de la poésie : hors de tout contexte normatif, sont poétiques les textes qui se présentent comme tels. Mais on peut inverser la question : un ouvrage versifié, mais non poétique, doit-il être considéré comme de la poésie ? Cela ne fait aucun doute pour Aragon : « Lorsqu'un poème est écrit en vers et qu'il est plat, sans retentissement poétique, on ne dit pas de lui que ce n'est pas un poème, mais que c'est un mauvais poème » (*Chroniques du bel canto,* 1947).

Pourtant le cas de l'énoncé publicitaire est embarrassant. Soit le slogan :

1 Omo micro
2 Touti rikiki
3 Maouss(e) costo

On y constate la mise en œuvre de procédés métriques et prosodiques clairs : les vers 1 et 3 riment, comportent le même nombre de syllabes (4, avec césure médiane) et sont marqués par une dominante assonantique en /o/ ; par contraste, le vers 2 fait entendre la stridente du /i/, appuyée sur les occlusives /t/ et /k/ et sur la rime intérieure (TouTI rIKIKI) ; quant à la syllabe excédentaire de rikiki (3 syllabes, au lieu de 2 comme partout ailleurs), elle contredit ironiquement la signification du mot. Bien sûr, ce slogan ne passera aux yeux de personne pour un poème : mais il tire son efficacité publicitaire de l'usage parodique des techniques poétiques. Or la parodie suppose la reconnaissance du modèle ; paradoxalement, l'application « prosaïque » de la versification suppose admise son origine poétique.

De même, comment interpréter l'usage du blanc dans le vers libre ? Il est généralement tenu pour acquis qu'il fonctionne comme un signal poétique, par différence avec la prose qui noircit uniformément toutes les lignes. Mais, à ce compte, une banale liste de courses sera poétique ; on peut imaginer, au contraire, que le blanc du vers libre se définit par rapport au blanc plus régulièrement distribué de la poésie versifiée, et non par méfiance au noir de la prose. La poésie non versifiée garderait, dans une sorte de mémoire génétique, la trace du vers, tout comme la versification non poétique conserve le souvenir de la poésie.

Poésies versifiée et non versifiée sont donc également poésies. Mais, dans la mesure où le vers régulier avait servi de caution artistique à la poésie, la production contemporaine a-t-elle dû s'inventer de nouveaux critères esthétiques de poéticité, ou, à l'inverse, l'obsolescence des anciennes techniques a-t-elle permis la révélation d'une nature poétique occultée par la versification traditionnelle ? En d'autres termes, a-t-on affaire à deux essences distinctes de la poésie, ou aux avatars d'une seule et même réalité ? Ces réflexions de deux spécialistes actuels ont le mérite de préciser les enjeux de l'alternative :

J. Mazaleyrat : « J'entends bien qu'interviennent désormais d'autres critères de perception du discours poétique que le traditionnel syllabisme [...] Je pose cependant la question de savoir s'il n'est pas deux choses distinctes, et dont précisément c'est l'une des tendances majeures de la poésie moderne que d'opérer la confusion » (*Éléments de métrique française*).

M. Henry : « Le vers est un accident, un accident de longue durée dans la constitution du langage poétique. C'est à partir de Rimbaud que les poètes se sont rendu compte, précisément, que le vers n'était pas essentiel » (*Le Vers français au XXᵉ siècle*, 1974).

Critiques du vers

Au demeurant, la remise en cause du vers français, de son syllabisme arbitraire et des artifices de composition auxquels conduit le retour régulier de la rime est très ancienne. Fénelon déjà avouait sa prévention à l'égard de la versification française : « Notre versification perd plus [...] qu'elle ne gagne avec les rimes : elle perd beaucoup de variété, de facilité et d'harmonie. Souvent la rime, qu'un poète va chercher bien loin, le conduit à allonger et à faire languir son discours » (*Projet de poétique*, 1714). En 1719, l'abbé Dubos affirmait le primat de l'image sur le mètre : « Le langage poétique est ce qui fait le poète et non la mesure et la rime. On peut, suivant l'idée d'Horace, être un poète en prose et n'être qu'un orateur en poésie » (*Réflexions sur la poésie et la peinture*).

Très souvent, les préventions à l'égard de la versification sont fondées sur les considérations les plus concrètes. Pour Robert de Souza, tout rythme régulier lasse le lecteur ou l'auditeur : « Tout rythme qui, répété souvent, devient une habitude de nos sens, perd pour nous son originalité et sa propriété primitives. » Ce serait donc par compassion et pour éviter d'ennuyer que Baudelaire aurait choisi les formes courtes : « N'est-ce pas que les poèmes courts, en diminuant la prolongation du rythme, diminuent d'autant la monotonie qu'elle implique » (*Le Rythme poétique*, 1892).

Léon-Paul Fargue, défenseur du vers libre, ne prend pas la peine d'argumenter sérieusement :

« Représentez-vous le poète consultant son dictionnaire de rimes. Et je vous défie de dire que les plus grands poètes n'ont pas marqué ce pas ridicule. Amour, tambour, virole, variole, mélange-t-on, Melanchton, vieillard en sort, hareng saur, etc.

« Sur ce pénible temps d'arrêt, le front du poète apparaît sur l'écran comme le fessier du vers régulier » (*Suite familière*, 1944).

Liberté poétique et contrainte métrique
La poésie française a adopté l'isosyllabisme par défaut, parce qu'il lui manquait la quantité fixe (brève ou longue) des syllabes latines. Aussi les partisans de la versification, au début du XXe siècle, invoquent-ils moins souvent quelque supériorité de la métrique française que la nécessité esthétique d'une contrainte formelle : l'art étant alors considéré comme la libre application de règles imposées, il paraissait inconcevable que la poésie pût se passer du cadre normatif hérité de la tradition. En conséquence, peu importait, répliquaient-ils aux vers-libristes, que l'analyse de la prose révélât des effets rythmiques naturels, fondés sur la récurrence significative de nombres syllabiques : la prose, aussi bien venue fût-elle, avait le tort d'être naturelle et approximative dans ses régularités, alors que la poésie se voulait artificielle et absolue. Pour Vigny, la prose poétique (celle d'un Chateaubriand, par exemple) est une prose paresseuse qui n'aurait pas le courage de se plier aux exigences du vers : « Ce qui fait qu'elle me répugne à l'excès, c'est le sentiment qu'elle me laisse de son allure fausse, assez pareille à celle qui voudrait chanter [...] La poésie n'est que dans le vers et non ailleurs » (*Journal d'un poète*).

Même réticence chez Robert de Souza, pourtant conscient des faiblesses de la métrique isosyllabique : « De ce que " partout dans la langue, il y a des rythmes " qui " sont " ou plutôt peuvent engendrer des vers, il est faux d'avancer qu'" en vérité il n'y a pas de prose ", attendu que ces vers ne sont que virtuels par l'incertitude de leurs entours rythmiques, et que ce qui constitue justement la prose est cette virtualité dont un art précis n'a pas dégagé la puissance » (*Le rythme poétique*).

Claudel, au contraire, estime que l'uniformité de la contrainte est une absurdité cocasse, puisque les grands poètes sont précisément ceux qui parviennent à préserver leur liberté créatrice : « Ainsi la prosodie est salutaire en ce qu'elle est une contrainte et d'autre part pour le vrai poète elle n'est nullement une contrainte ! C'est épatant » (*Réflexions et propositions sur la poésie*).

Le problème de la versification n'est qu'une des formes particulières de la dialectique artistique de la liberté et de la contrainte. Comme la peinture s'est libérée du trait avec l'impressionnisme, de l'imitation avec le cubisme puis de la représentation avec l'abstrait, on peut suivre, depuis la deuxième moitié du XIXe siècle, une succession de mues au cours desquelles la poésie se détache progressivement de la forme métrique.

Le vers aujourd'hui

La comparaison avec l'art pictural, séduisante et fréquente, ne lève pas toutes les difficultés. Suivant une première interprétation, on admettra que les techniques du vers constituent l'équivalent prosodique des modes de représentation : il en serait des poètes comme des peintres qui, aujourd'hui, sont ou figuratifs, ou abstraits, ou alternativement l'un ou l'autre selon les phases de leur création, ou simultanément l'un et l'autre grâce au compromis que l'artiste réalise librement avec lui-même. Pour sa part, Jean Cocteau préfère l'emploi du vers régulier : « Plus je découvre les prestiges du lieu commun, plus j'incline à croire que l'excitation de l'esprit vient du petit nombre de moyens dont il dispose, et plus je me rapproche du vers, vieux costume pareil que chacun de nous déforme » (*Le Secret professionnel*, 1926).

Supervielle, lui, se fie à l'inspiration et à la logique de l'œuvre en train de se faire : « Aimant par-dessus tout le naturel, je ne me dis jamais à l'avance que j'emploierai telle ou telle forme. Je laisse mon poème lui-même faire son choix » (*En songeant à un art poétique*, 1951).

Enfin, Claudel se refuse à toute exclusive et voit dans la diversité des formes un facteur d'enrichissement : « Je n'ai nullement la prétention de détruire le vers régulier, qui après tout est un moyen d'expression parmi d'autres, et il n'y a aucune raison de nous appauvrir d'aucun d'eux » (*Réflexion et proposition sur la poésie*).

Il n'y a pas là plusieurs natures de la poésie : comme les couleurs en peinture, les mots forment la matière du poème, à laquelle on ajoute, ou non, telle forme de versification.

Mais on peut aussi considérer que les structures métriques, et non le langage, sont le matériau même de l'art poétique — tout comme la musique se compose de notes, non de bruits. Les mots de la prose correspondraient seulement à la toile blanche du peintre, qui attend de recevoir, pour devenir objet artistique, les couleurs de la palette. D'après cette conception, la poésie non versifiée se rapprocherait plutôt du collage, où c'est l'assemblage de réalités — ici, par analogie, le référent des signes linguistiques — qui fait sens. Il s'agirait toujours d'un art, mais différent par ses moyens sinon dans ses fins.

Restons-en là : il suffit d'avoir souligné la réalité du problème et la diversité des solutions proposées, qui engagent la conception que chacun, d'après sa sensibilité et ses habitudes culturelles, se fait de la poésie.

4. Les profondeurs de l'âme

4.1 Le *vates*

La langue latine distinguait le *poeta*, poète-artisan du vers, et le *vates*, prophète inspiré par les dieux. Bien sûr, la plus grande dignité revenait au dernier : le poète, doué par les dieux de capacités surnaturelles, tenait le rôle d'intermédiaire entre le ciel et la terre. Les zones d'ombre qui entourent la figure orphique traduisent cette représentation mystique de la poésie, à laquelle on accorda, de tout temps, *le pouvoir d'accéder aux profondeurs de l'âme humaine* — ou, suivant une terminologie plus moderne, à l'inconscient. Très longtemps, cette conception a trouvé sa justification dans la croyance religieuse. Lorsqu'il n'était pas le substitut du prêtre, le poète avait la compétence du théologien : « La Poésie n'estoit au premier age qu'une Théologie allégorique, pour faire entrer au cerveau des hommes grossiers par fables plaisantes et colorées les secrets qu'ils ne pouvoyent comprendre » (Pierre de Ronsard, *Abrégé de l'Art poétique françois*, 1565).

4.2 Le prophète romantique

Le thème de l'inspiration divine est réactivé au temps du romantisme. Les poètes, « tous ceux en qui Dieu se concentre » (Victor Hugo), ont reçu mission d'explorer les gouffres insondables de l'infini :

Ce sont les têtes fécondées
Vers qui monte et croît pas à pas
L'océan confus des idées,
Flux que la foule ne voit pas,
Mer de tous les infinis pleine,
Que Dieu suit, que la nuit amène,
Qui remplit l'homme de clarté,
Jette aux rochers l'écume amère,
Et lave les pieds nus d'Homère
Avec un flot d'éternité. (V. Hugo, « Les Mages », 41-50)

Dans ce XIXe siècle qui croit encore aux vérités indubitables et permanentes, le savoir du poète est plus philosophique que psychologique ; nourri aux sources de la spiritualité, il dévoile aux hommes ce qui est ou sera, s'aidant, pour sa tâche prophétique, du pouvoir cristallisateur du langage poétique. Selon Vigny qui, aux yeux de la postérité, en restera le théoricien, le poème est symbole, concentration imagée d'idées (ou « perle », « diamant » : on n'a jamais autant aimé les métaphores empruntées à la joaillerie) :

Poésie, il se rit de tes graves symboles,
O toi des vrais penseurs impérissable amour !
Comment se garderaient les profondes pensées
Sans rassembler leurs feux dans ton diamant pur
Qui conserve si bien leurs splendeurs condensées ?

(« La Maison du berger », 1844)

4.3 La poésie et l'inconscient

Le symbole de Vigny résulte d'une élaboration consciente et maîtrisée : l'inspiration est initiale et ne fait pas obstacle au travail artistique. Au contraire, pour Rimbaud et ses épigones, les poèmes doivent montrer les stigmates d'un constant corps-à-corps avec soi-même : le « je » s'efface, et laisse monter à la surface du texte les paroles discordantes d'une âme rendue monstrueuse : « Maintenant, je m'encrapule le plus possible. Pourquoi ? Je veux être poète, et je travaille à me rendre *voyant* [...] Les souffrances sont énormes, mais il faut être fort, être né poète, et je me suis reconnu poète. Ce n'est pas du tout ma faute. C'est faux de dire : Je pense ; on devrait dire on me pense » (Lettre à Georges Izambard du 13 mai 1871). Une telle poésie n'est ni belle ni laide mais, plaie ouverte, témoigne d'une expérience psychologique et langagière, aux antipodes de toute recherche musicale : « Toute poésie antique aboutit à la poésie grecque, Vie harmonieuse. — De la Grèce au mouvement romantique, — Moyen Âge — il y a des lettrés, des versificateurs [...] tout est prose rimée, un jeu, avachissement et gloire d'innombrables générations idiotes. »

La psychanalyse fera don aux successeurs de Rimbaud du concept d'inconscient, en conférant à la poésie une finalité claire (la connaissance de soi) et des techniques spécifiques (l'emploi de méthodes d'écriture qui échappent aux fausses rationalités de la pensée et du langage). C'est dans ce cadre psychologique qu'André Breton, dans le *Premier manifeste du surréalisme*, situe sa démarche personnelle et la doctrine surréaliste : « SURRÉALISME, n. m. : automatisme psychique pur par lequel on se propose d'exprimer, soit verbalement, soit par écrit, soit de toute autre manière, le fonctionnement réel de la pensée. Dictée de la pensée, en l'absence de tout contrôle exercé par la raison, en dehors de toute préoccupation esthétique ou morale. »

4.4 Le dedans et le dehors

Nous venions de voir que la poésie tendait vers la saisie brute du réel et une sorte d'objectivisme absolu ; la voici vouée à l'exploration du sujet. La contradiction n'est qu'apparente : de même que la parole est, unies dans le même acte élocutoire, expression de soi et désignation d'une réalité hors de soi, le texte poétique est le lieu où se conjoignent, et prennent forme par le langage, le dedans indicible de l'auteur et le dehors muet du monde. Cette complicité de la chose et de l'imaginaire, par-delà la raison, est aussi à mettre au crédit de la poésie contemporaine :

« Le poète *voit* dans la même mesure qu'il *se montre*. Et réciproquement. Un jour tout homme montrera ce que le poète a vu. Fin de l'imaginaire » (Paul Éluard, *Donner à voir*, 1939).

« Le poète est dans une situation difficile et souvent périlleuse, à l'intersection de deux plans au tranchant cruellement acéré, celui du rêve et celui de la réalité » (Pierre Reverdy, *Le Gant de crin*, 1917).

5. La quintessence du langage

Musique, connaissance de soi ou du monde, la poésie nécessite un usage supérieur du langage : il y a plusieurs manières de concevoir cette supériorité.

5.1 Un art de l'ornement

Au Moyen Âge, les études « littéraires » (osons l'anachronisme) formaient un ensemble de trois disciplines connexes, le *trivium* : la grammaire, qui regroupait notre grammaire moderne et la connaissance des grands textes, la logique ou l'art de raisonner, et la rhétorique. La rhétorique elle-même comportait deux techniques propres à l'art oratoire (l'*actio* : gestes et diction ; la *memoria* : procédés mnémotechniques indispensables à l'orateur), et trois sciences plus générales, l'*inventio* (trouver la matière du discours), la *dispositio* (la mettre en ordre), l'*elocutio* (la traduire en mots). La poésie est alors intégrée à la rhétorique : le choix du sujet dépend de l'*inventio*, la composition d'ensemble de la *dispositio*, la détermination du vocabulaire et des structures rythmiques de l'*elocutio*.

Au XVe siècle, l'art poétique se définit comme une seconde rhétorique, qui ajoute aux règles de la première rhétorique (la rhétorique de la prose) des contraintes supplémentaires. La supériorité de la poésie sur les autres emplois du langage résulte alors d'un degré supplémentaire de difficulté. En 1548, Thomas Sébillet écrit encore : « Et sont l'Orateur et le Poète tant proches et conjoinz, que semblables et égauz en plusieurs choses, diffèrent principalement en ce que l'un est plus contraint de nombres que l'autre » (*Art poétique françoys*). À sa suite, Ronsard disposera la matière de son *Abrégé de l'art poétique français* (1565) suivant les trois catégories de l'invention, la disposition et l'élocution. En 1830, Pierre Fontanier, auteur d'un très célèbre manuel scolaire consacré aux *figures du discours*, considère toujours la rime comme une « figure d'élocution par consonance », au même titre que l'allitération, l'assonance ou la paronomase qui, elles, appartiennent à l'attirail de l'orateur.

Plus difficile d'exécution, la poésie est aussi plus richement ornée. Pour Ronsard, la beauté du langage choisi représente au poème ce qu'une bague précieuse est à la main d'un seigneur : « Élocution n'est autre chose qu'une propriété et splendeur bien choisies et ornées de graves et courtes sentences, qui font reluyre le vers comme les pierres précieuses bien enchâssées les doigts de quelque grand Seigneur » (*Ibidem*).

On ne saurait mieux dire à la fois la nature artisanale de cette poésie et son lien nécessaire avec la société aristocratique. Cette conception ornementale de la poésie prévaudra jusqu'au romantisme.

5.2 L'être du langage

L'ornementalisme classique découle d'une certaine philosophie du langage. Au temps de Descartes, celui-ci vise à la transcription, aussi neutre et transparente que possible, de l'idée vraie, qui est antérieure à son expression linguistique ; l'écrivain est le greffier de l'esprit :

> Avant donc que d'écrire, apprenez à penser.
> Selon que notre idée est plus ou moins obscure,
> L'expression la suit, ou moins nette, ou plus pure.

Ce que l'on conçoit bien s'énonce clairement,
Et les mots pour le dire arrivent aisément.

(Boileau, *Art poétique*, 1674)

Tout ce qui s'ajoute à cette fonction médiatrice du langage appartient du point de vue sémantique, à l'ordre du superflu et du luxe — ce qui n'enlève rien, *a priori*, de ses potentialités esthétiques.

Au cours du XIXe siècle, peut-être par réaction à la prolifération de l'écrit sous toutes ses formes (journalisme, publicité, discours politique, etc.), apparaît l'idée que la poésie garderait l'essence d'un langage dont l'usage commun ne présenterait plus que la forme dégradée : « La plupart sont aveugles dans cet univers du langage ; sourds aux mots qu'ils emploient. Leurs paroles ne sont qu'expédients ; et l'expression pour eux n'est qu'un *plus court chemin* : ce minimum définit l'usage purement pratique du langage » (Paul Valéry, *Variétés III*, 1936).

Dans la vie pratique, le mot vaut comme pièce de monnaie : il sert à désigner cavalièrement la réalité à laquelle il se réfère et s'échange entre les hommes ; le poète, seul, lui redonne sa dignité et son opacité : « Au contraire d'une fonction de numéraire facile et représentatif, comme le traite d'abord la foule, le dire, avant tout, rêve et chant, retrouve chez le poète, par nécessité constitutive d'un art consacré aux fictions, sa virtualité » (Mallarmé, *Quant au livre*, 1895).

Mallarmé est bien l'inventeur de cette poésie nouvelle, qui s'identifie à une philosophie pratique et à une métaphysique linguistique. Les catégories esthétiques du beau et du laid, ou morales de l'utile et de l'inutile, perdent de leur pertinence littéraire. Comme devant le tableau noir du mathématicien ou la paillasse du chimiste, le lecteur assiste au travail du langage.

Depuis, l'intuition mallarméenne a été explicitée et théorisée par la linguistique contemporaine. D'après Roman Jakobson (*Essais de linguistique générale*, 1963), la communication peut être schématisée ainsi :

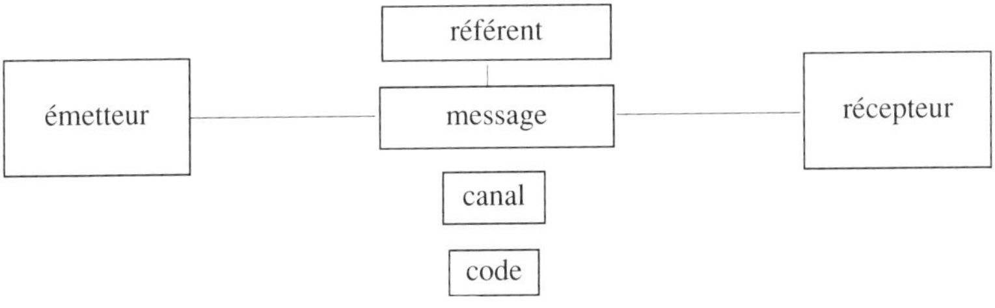

L'*émetteur* envoie un message à un *récepteur*. Ce *message*, qui se réfère à une réalité extralinguistique, ou plutôt à l'idée que l'émetteur se fait de cette réalité (le *référent*), est organisé suivant un *code* (par exemple, le langage) et passe par un *canal* particulier (le langage est écrit ou parlé). À ces six éléments correspondent six fonctions distinctes du langage :

– la *fonction expressive* sert à mettre l'accent sur les sentiments de l'émetteur ;

– la *fonction impressive* ou *conative* vise à agir sur le récepteur, à obtenir de lui la réaction attendue (colère, apitoiement, etc.)

– la *fonction référentielle* consiste à transmettre des informations sur le référent du message ;

– la *fonction métalinguistique*, celle qu'illustre, par exemple, l'article de dictionnaire, apporte des éclaircissements sur les éléments du code ;

– la *fonction phatique*, qu'on retrouve dans les formules de politesse usuelles, à peu près vides de sens, signale l'état de marche du canal de communication ;

– la *fonction poétique*, qui seule nous intéresse ici, marque l'attention à la forme du message, indépendamment des autres composantes de la communication.

Dans une perspective similaire, on a souvent défini la poésie, depuis les formalistes russes, par son *autotélicité* : la poésie est autotélique, elle est sa propre fin et ne renvoie à rien d'autre qu'elle-même. Le langage n'y est plus l'outil de la communication sociale, mais un matériau dont le sens et la structuration sont à réinventer à chaque création.

5.3 Le rêve d'un langage originel

Le poète voudrait donc réaliser l'être idéal du langage ; mais les mots imparfaits, usés par un trop long assujettissement aux nécessités pratiques, se dérobent et manifestent leur infirmité, qui les rend incapables de symboliser l'idée. Mallarmé, qui voudrait que le livre soit « l'expansion totale de la lettre », constate que la lettre ment : « Quelle déception, devant la perversité conférant à *jour* comme à *nuit*, contradictoirement, des timbres obscur ici, là clair » (*Crise de vers*, 1886-1896).

La tentation est grande de se taire — poésie du silence, dira-t-on. On mettra au compte de cette même déception linguistique, transfigurée par l'art, la raréfaction du texte sur les pages blanches des recueils poétiques.

Pourtant, la faiblesse du mot ne fait-elle pas la grandeur du poème ? À lui, non plus de donner au langage sa plénitude, mais d'ébaucher les contours d'un au-delà, ni silence ni parole, qui suppléerait aux défaillances de la communication humaine. Le jour est phonétiquement sombre, et la nuit claire ; mais, si la forme linguistique avait été adéquate, « n'existerait pas le vers : lui, philosophiquement, rémunère le défaut des langues, complément supérieur » (*Ibid.*).

Ce rêve mystérieux d'un substrat extralinguistique va généralement de pair avec la nostalgie d'un âge d'or où le mot était et disait la chose – aux temps où les sorciers faisaient pleuvoir en l'ordonnant au ciel – : « Dans l'enfance de la société, tout auteur est nécessairement poète, parce que le langage lui-même est de la poésie ; et être poète, c'est saisir le vrai et le beau, en un mot le lien qui existe dans la relation établie d'abord entre l'existence et la perception, puis entre la perception et l'expression » (Shelley, *Défense de la poésie*, 1821).

Valéry disait également que le poète véritable « boit encore aux sources du langage ».

6. Les fastes du passé

6.1 L'imitation poétique

À y bien regarder, cette quête d'un ancêtre primitif est une des formes, et la plus extrême, qu'adopte une tendance générale de la poésie : celle-ci, malgré les nouveautés très déconcertantes qui, parfois, émaillent son histoire, paraît toujours tournée vers son passé, s'incorporant ce qu'elle a été, pour le détruire ou s'en nourrir.

Le phénomène remonte à la plus haute Antiquité. La poésie latine elle-même est née de l'imitation de la littérature grecque, pour des raisons essentiellement politiques : Rome ayant résolu d'étendre son influence politique et militaire au monde hellénistique, une partie influente de l'aristocratie décide de concurrencer la Grèce sur le terrain de la culture ; pour y parvenir, elle importe tout : les auteurs, les genres, les formes stylistiques, même si, comme c'est le cas pour les structures métriques, la langue latine se prête mal au moule grec. En somme, la poésie latine a existé parce qu'il a existé avant elle une poésie grecque, ainsi que le constate Jean Bayet, auteur d'une classique *Littérature latine* (1965) : « dans la seconde moitié du IIIe siècle (avant Jésus-Christ) se constitue soudain à Rome une littérature complète, imitée des Grecs, qui résulte de la volonté nette et du labeur réfléchi de quelques hommes d'origine non romaine ».

Horace, qui a légué à la littérature occidentale le plus célèbre des arts poétiques, a, en raison de cette influence grecque, insisté sur l'importance du travail au détriment de l'inspiration : « Le premier juge venu n'est pas en état de sentir dans les poèmes le défaut d'harmonie, et une indulgence déplacée a été accordée aux poètes romains. Est-ce pour moi une raison d'aller au hasard et d'écrire sans règle ? [...] Pour vous, allant aux modèles grecs, il faut que le jour, il faut que la nuit votre main les tourne et les retourne. »

Le thème si prégnant du labeur poétique trouve donc sa source dans le principe romain d'imitation, dont on observera au passage l'altération de sens, depuis la *mimésis* aristotélicienne. Exactement dans le même esprit, Joachim Du Bellay met en garde les poètes qui voudraient acquérir la gloire poétique par leurs seuls dons naturels : « Je veux bien avertir ceux qui aspirent à cette gloire, d'immiter les bons auteurs Grecs et Romains, voyre bien Italiens, Hespagnols et autres, ou du tout n'écrire point » (*Deffence et Illustration de la langue française*, 1549).

À la fin du XVIIIe siècle, André Chénier, qui voudrait renouveler les sujets de poèmes, n'envisage pas de renoncer à la forme antique :

> Changeons en notre miel leurs plus antiques fleurs ;
> Pour peindre notre idée empruntons leurs couleurs ;
> Allumons nos flambeaux à leurs feux poétiques ;
> Sur des pensers nouveaux faisons des vers antiques.

6.2 Le dialogue des morts

Cette vision hiérarchique de la poésie n'aurait pu survivre à l'Ancien Régime. Pourtant, plus que jamais, la littérature est aujourd'hui tissée d'échos explicites ou allusifs, parodiques ou sérieux, et la critique contemporaine a donné le nom d'*intertextualité* à cette libre circulation des souvenirs textuels au travers des œuvres (cf. Gérard Genette, *Palimpsestes, la littérature au second degré*, 1982). Mais le phénomène se conçoit comme un réseau horizontal, et non plus vertical, où chaque écrivain, suivant une logique obscure, trace son propre chemin, ou plutôt, de manière plus dynamique, comme une immense et confuse dérive dont chaque texte propose une infime parcelle, provisoirement stabilisée. Si, à ce degré de généralité, l'intertexte englobe toute la littérature, la poésie en fait une application beaucoup plus systématique. « Le plagiat est nécessaire », proclamait brutalement Lautréamont, et le poète américain Thomas S. Eliot développe :

« Le point sur lequel il faut insister, est que le poète doit développer ou acquérir la perception du passé et qu'il devrait continuer à développer cette perception tout au long de sa carrière.

« Ce qui se produit, c'est comme une continuelle reddition de soi, tel que l'on est à tout moment, à quelque chose de plus précieux. La marche de l'artiste est un sacrifice continuel, une extinction continuelle de sa personnalité » (*Tradition et talent*, 1917).

Alors que chaque roman, partagé entre une tradition et un présent, doit concilier l'héritage d'une pratique littéraire et l'attente immédiate du public, chaque poème, grâce à son insularité, peut rêver de constituer une réplique nouvelle à ce dialogue des morts où, d'après le mot de Victor Hugo, « le chef-d'œuvre est adéquat au chef-d'œuvre ».

Mais il ne fera qu'y rêver, comme il s'est voulu musique, philosophie, psychologie, langue des choses ou des premiers hommes. Notre quête de définition aboutit à un constat bien décevant, à moins d'estimer que *la poésie figure, plutôt qu'une essence improbable du langage, ce vouloir-être que toute la littérature porte en elle, paradis perdu ou à venir.*

2

ÉLÉMENTS D'HISTOIRE

Ces quelques pages n'ont d'autre ambition que de rappeler les grandes étapes de l'histoire poétique et d'y situer les auteurs de référence. Cet aide-mémoire donnera aussi au lecteur, sur la longue durée, la perception des continuités et des évolutions qui, toutes ensemble, ont assuré la vie du genre.

1. L'Antiquité gréco-latine

Il est juste de commencer par le père fondateur de la littérature occidentale : au VIe siècle av. J.-C., furent fixés par écrit les deux grands poèmes épiques attribués à Homère, quoiqu'on ait très peu de certitudes sur la vie de l'aède (IXe siècle av. J.-C. ?) et sur sa contribution effective à ce gigantesque ensemble de quelque 27 000 vers. L'*Iliade* raconte quelques épisodes de la guerre de Troie, centrés autour du personnage d'Achille ; l'*Odyssée* est consacrée au retour long et pénible d'Ulysse, empêché pendant dix ans de revoir son île d'Ithaque.

Au VIIIe siècle av. J.-C., Hésiode, se détournant de la tradition épique, compose deux grands poèmes didactiques : *La Théogonie* qui, au travers d'une généalogie des dieux, propose une explication de la genèse du monde, et *Les Travaux et les Jours,* essentiellement consacrés à la vie paysanne.

Les siècles suivants (VIIIe-VIe siècles av. J.-C.) voient l'apparition de la poésie lyrique, qui se définit alors non par son contenu, mais par l'emploi de formes métriques particulières. Le lyrisme personnel se développe simultanément en trois directions : l'élégie, la satire (Archiloque), l'ode (Anacréon, Sappho). Un peu plus tard, la poésie d'apparat du lyrisme choral trouvera dans Pindare (518-446 av J.-C.) son plus illustre représentant.

Enfin, le Vᵉ siècle av. J.-C. est l'âge de la maturité pour les deux genres dramatiques, la tragédie (Eschyle, Sophocle, Euripide) et la comédie (Aristophane). L'époque hellénistique (IIIᵉ-Iᵉ siècles av. J.-C.) connaîtra aussi des poètes de très grand renom (Callimaque, Appolonios de Rhodes, Théocrite) ; mais, dès la Grèce classique, la poésie est structurée suivant une division en quatre grands types, épique, didactique, lyrique, dramatique : ce partage restera à peu près inchangé.

Trop soucieux de se rapprocher de leurs modèles grecs, les poètes latins, n'ont pratiquement pas innové, tout juste ont-ils plus abondamment puisé, sous l'Empire, dans le fonds satirique, donnant à l'épigramme (Martial) et à la satire proprement dite (Juvénal) ses auteurs canoniques. En revanche, la littérature latine a joué un rôle primordial dans la transmission de la poétique grecque et a constitué, jusqu'il y a peu, l'étalon de la perfection poétique. À cet égard, on ne peut comprendre les principes que se sont imposés les poètes français et les pesanteurs sous lesquelles ils paraissent parfois se débattre vainement si l'on ne garde en l'esprit que, avant la série de réformes des programmes entreprises par la IIIᵉ République, l'essentiel de l'enseignement secondaire (pendant longtemps, le seul lieu scolaire de formation littéraire) portait sur les œuvres latines, qu'on étudiait pour apprendre à mieux manier la langue française. L'équivalent culturel de nos Baudelaire ou Rimbaud étaient deux poètes nés au Iᵉʳ siècle av. J.-C. :

– Virgile qui, en trois œuvres, a fourni à l'épopée (*L'Enéide*), à la poésie didactique (*Les Géorgiques*) et lyrique (*Les Bucoliques*) ses modèles classiques ;

– Horace, dont nous avons déjà évoqué *L'Art poétique* et qui, abandonnant à Virgile le style élevé, s'est spécialisé dans les genres mineurs (satire, épître, ode), ancêtres des formes poétiques modernes.

2. Poètes et jongleurs du Moyen Âge

Au Moyen Âge, le paysage culturel et social a radicalement changé. Outre les chants religieux, écrits en latin, l'apparition de la poésie suppose l'émergence de pratiques littéraires laïques et s'appuyant sur les langues vulgaires. Il lui faut donc des auteurs et un public aristocratique suffisamment riche, oisif et cultivé pour encourager les arts. L'ensemble de ces conditions est réuni à la fin du XIᵉ siècle, époque à laquelle remontent les premiers textes littéraires, à quelques exceptions près. Ces œuvres sont faites pour la récitation ou l'interprétation dans les châteaux par des jongleurs ou des ménestrels. Le vers a pour utilité d'aider la mémorisation et la mise en musique ; comme dans la chanson contemporaine, les mots font partie d'un tout qui leur donne leur vraie valeur. À partir de là, la tendance fondamentale de la poésie médiévale est, suivant des rythmes variables, le passage de cette littérature chantée à une poésie conçue pour la lecture ou, du moins, la déclamation devant un public de connaisseurs : les textes raccourcissent, la technique est plus précise (ou plus encombrante). On peut ainsi distinguer trois grandes étapes : au XIIe siècle, si l'on excepte la brillante civilisation du Midi et ses troubadours, la poésie est surtout narrative et distractive ; au XIIIe siècle, la diversité des genres est maximale, puisque coexistent la production lyrique et courtoise, exaltant la *fin' amor*, une veine plus réaliste (Rutebeuf) ou satirique (les fabliaux, *Le Roman de Renart*), enfin et surtout la poésie allégorique (*Le Roman de la rose*) ; aux XIVe-XVe siècles, marqués par de très graves difficultés politiques et économiques, l'attention semble se resserrer autour des techniques d'expression, et le Moyen Âge s'achève sur les jeux formels des "Grands Rhétoriqueurs".

3. Le foisonnement de la Renaissance

Par l'attention qu'ils ont portée au maniement de la langue et aux effets rythmiques, les Grands Rhétoriqueurs sont les premiers poètes de l'âge moderne, les premiers à avoir considéré la poésie comme un art imposant ses règles rigoureuses mais fécondes. Cependant, par l'infinie variété de ses structures répétitives, par son recours fasciné à l'abondance et à l'excès verbal, leur production porte encore la marque du Moyen Âge, et la nouveauté viendra, au début du XVIe siècle, de Clément Marot. Courtisan, homme de plaisirs et de conviction (les deux lui vaudront quelques séjours en prison ou en exil), il est le concepteur et le praticien d'une poésie simple, au vocabulaire correct mais usuel et aux lignes rythmiques discrètes : il préfigure ainsi l'esthétique classique ; il n'en continue pas moins les efforts de ses prédécesseurs en faveur des formes fixes : il compose ballades et rondeaux, et il est probablement l'introducteur en France d'une formule italienne destinée à un succès durable, le sonnet. Mais son apport essentiel réside ailleurs : quoique son souvenir soit lié à une vague idée de badinage et de frivolité littéraire, il a constamment témoigné de sa vie et de son temps, réunissant les deux modes médiévaux d'expression poétique, la voix réaliste des Rutebeuf et Villon et le chant élaboré, mais un peu vain, de la poésie courtoise et savante.

Les poètes de la Pléiade réagiront aussi violemment contre la simplicité marotique que contre la tradition rhétoricienne. Ils sont sept, comme les sept étoiles de la constellation : Ronsard, Du Bellay, Baïf, Peletier du Mans, Belleau, Jodelle, Pontus de Tyard. À en juger à la *Deffence et Illustration de la langue française* de Du Bellay (1549), ils poursuivent trois objectifs : ils veulent une poésie nouvelle et rejettent l'héritage médiéval, « ces vieilles poésies Françoyses [...] comme rondeaux, ballades, vyrelaiz, chantz royaulz, chansons et autres telles episseries, qui corrumpent le goust de nostre langue » ; au contraire, ils prônent l'introduction massive des genres et des principes poétiques de l'Antiquité et de la Renaissance italienne ; enfin, ils visent, selon une conception esthétique venue du platonisme, la Beauté : c'est justement l'oubli de cette préoccupation d'embellissement qu'ils reprochent à leurs trop habiles devanciers. Pour parvenir à cette qualité plastique, il faut d'après eux rajeunir le vocabulaire littéraire, en l'accroissant à l'aide de latinismes, hellénismes, italianismes ou néologismes, et en puisant dans les lexiques spécialisés des métiers.

Il est difficile de dresser un bilan de ce vaste programme, d'autant que nous n'avons pas affaire à une école proprement dite, mais à un regroupement de poètes qu'ont réunis la passion d'écrire et l'ambition de réussir. Cependant, l'ensemble, qui laisse une impression de foisonnement brouillon, révèle l'enthousiasme d'hommes qui ont pensé être, à tort ou à raison, les pionniers d'une nouvelle culture : à propos de cette littérature de la Renaissance, on peut parler à bon droit de poésie expérimentale, se cherchant au travers de multiples tentatives formelles dont le seul vrai point commun est le ressourcement dans la littérature antique.

4. Les dogmes classiques

> Ronsard, qui le [Marot] suivit, par une autre méthode,
> Réglant tout, brouilla tout, fit un art à sa mode,
> Et toutefois longtemps eut un heureux destin.
> Mais sa muse, en français parlant grec et latin,
> Vit dans l'âge suivant, par un retour grotesque
> Tomber de ses grands mots le faste pédantesque.
>
> (Boileau, *L'Art poétique,* 1674.)

L'effervescence humaniste, brutalement interrompue par les guerres de Religion, est bien vite oubliée. Le XVIIe siècle élabore, fixe et impose les dogmes infrangibles du classicisme français ; à ses deux bornes, Malherbe et Boileau semblent les deux figures emblématiques, et les deux gardiens, du nouvel ordre littéraire.

Quoiqu'il n'ait laissé aucun traité, Malherbe, par son œuvre et son influence personnelle, joua un rôle considérable dans la réforme poétique. Personnellement, il a moins cherché à exercer une censure littéraire qu'à suggérer une éthique de l'écriture, fondée sur la rigueur, le travail et la recherche de l'excellence : il a combattu en particulier les facilités que s'accordaient les versificateurs : les chevilles, les rimes fondées sur les mots de même famille ou appartenant à la même catégorie grammaticale (par exemple, les adverbes en *-ment*), les licences aberrantes pour le compte des syllabes. À ce titre, on a pu comparer son attitude à celle de Mallarmé. Il n'en reste pas moins que, sur deux points essentiels, il a cherché à restreindre les moyens dont disposaient les poètes :

1. Afin d'épurer le langage poétique, il en exclut les trivialités comme les vocables trop recherchés. Mais, après Malherbe, on élargira démesurément le domaine de la trivialité, au point d'interdire l'emploi du terme propre : il sera de plus en plus difficile d'appeler un chat un chat, et la périphrase triomphera en poésie. Quant au raffinement excessif, il visait les innovations lexicales de la Pléiade et les subtilités des précieux ; mais, plus généralement, le refus de l'obscurité ne pouvait qu'aboutir à empêcher les poètes de construire, avec des moyens dont ils seraient juges, un univers verbal et une vision du monde personnels. Surtout, en commençant l'œuvre d'émondage linguistique que poursuivra, à la génération suivante, le grammairien Vaugelas, Malherbe aligne de fait la poésie sur la prose, refusant à la première des moyens d'expression dont ne disposerait pas la seconde.

2. Qu'il s'agisse de la rime, des coupes, de l'enjambement et des strophes, il fige les règles de la versification française, dont il fait un outil efficace, mais dont le bon emploi dépend exclusivement de la maîtrise technique du poète. En outre, l'interdiction de l'enjambement, à l'intérieur ou hors du vers, fait coïncider le groupe rythmique (le vers ou le demi-vers) avec le groupe syntaxique. Le rythme n'est plus, dans ces conditions, un élément autonome de la technique poétique, mais le simple découpage de la phrase en ensembles sémantico-syntaxiques de longueur égale : le poème devient de la prose versifiée.

À ces préceptes, *L'Art poétique* de Boileau n'apporte rien de nouveau, et il paraît trop tard pour influer sur une pratique depuis longtemps stabilisée. En revanche, la célébrité de certains de ses vers, passés au rang de proverbes, prouve son succès, notamment dans la pédagogie scolaire qui l'a très tôt utilisé comme une vulgate de la doctrine autorisée.

À l'évidente étroitesse de la conception poétique, il est juste de trouver des circonstances atténuantes : le siècle où l'Académie française a vu le jour (1635) et qui vient d'inventer, sur le modèle latin, la structure fortement charpentée, équilibrée et synthétique du français classique, admire encore la beauté de cet outil neuf qui a perdu, à nos yeux, beaucoup de ses vertus artistiques. Pour les contemporains de Molière, elle suffisait encore à embellir le vers, à condition que ce dernier ne lui fût pas une entrave.

5. Jeux d'esprit et vers de circonstance

Paradoxalement, cette poésie classique vouée au service de la pensée paraît à court d'idées, s'exténuant dans des divertissements mondains ou des exercices plus solennels où ni l'imagination ni la raison ne trouve son compte.

5.1 La poésie d'apparat

L'épopée est moribonde, malgré, en plein XVIIIe siècle, Voltaire et sa *Henriade* ; dans la hiérarchie des genres, la poésie élevée est donc représentée par l'ode :

> L'ode, avec plus d'éclat, et non moins d'énergie,
> Élevant jusqu'au ciel son vol ambitieux,
> Entretient dans ses vers commerce avec les dieux.
>
> (Boileau, *Art poétique*, 1674)

Si l'ode peut accueillir, en principe, les thèmes les plus variés, Malherbe a particulièrement illustré l'ode héroïque, glorifiant les hauts faits des grands personnages et, bien sûr, du roi.

5.2 La poésie mondaine

La Fontaine, littérairement discrédité par un trop précoce usage scolaire (La Fontaine à l'école, Hugo au collège, Rimbaud au lycée !), fut un poète marginal, marginal d'une culture aristocratique encouragée mais contrôlée par le roi et son administration. Pourtant, la fable demeure l'exemple type de la poésie mondaine d'Ancien Régime, destinée à être lue dans les salons puis commentée avec esprit, faite pour distraire sans peser. Cette poésie était, au sens propre du terme, un jeu de société, auquel on conviait, pour assurer son bon déroulement, des professionnels de la rime.

Dans ces amusements plus ou moins raffinés, la littérature (ou ce que chacun, intuitivement, met derrière ce mot) ne trouve pas son compte. Il y a toujours des auteurs connus et célébrés ; mais l'idée d'une crise devient un *topos* à la mode, conforté par le sentiment que la langue française, souveraine pour la prose et ses exigences de rigoureuse clarté, est inapte à l'expression de la sensibilité. Se dessine alors, au cours du XVIIIe siècle, un vaste courant en faveur d'une prose poétique, abandonnant l'application habile des règles de versification pour la traduction, aussi vive et sincère que possible, des sentiments, suivant une distribution des rôles qui laisserait à la prose philosophique la raison, à la prose poétique la passion (cf. Diderot, *De la poésie dramatique*, 1759).

Cependant, c'est dans une autre direction que, à la fin de l'Ancien Régime et sous l'Empire, certains poètes tenteront de s'engager pour trouver un nouveau souffle. André Chénier propose de s'inspirer des découvertes scientifiques, Fontanes rime un *Essai sur l'astronomie,* Delille, pilier souvent moqué de l'Académie impériale, compose deux vastes poèmes sur *L'Imagination et Les Trois Règnes de la nature* : cette poésie descriptive, chant du cygne de la poésie classique (ou néoclassique), renoue avec les genres didactiques de l'Antiquité, mais sans renoncer à l'attirail des mièvreries poétiques françaises.

6. Le verbe romantique

En mars 1820, *Les Méditations* de Lamartine paraissent ; le succès, qui est spectaculaire et immédiat, marque symboliquement le début d'une nouvelle ère poétique ; en 1822, Victor Hugo et Alfred de Vigny publient à leur tour leur premier recueil, suivis par Sainte-Beuve (*Vies, Poésies et Pensées de Joseph Delorme,* 1829) et Alfred de Musset (*Contes d'Espagne et d'Italie,* 1830).

D'un point de vue strictement historique, le romantisme représente un très bref épisode de notre littérature. Au début des années vingt, c'est un mot qu'une polémique journalistique et académique a mis à la mode, et auquel on rattache quelques poètes royalistes, catholiques mais adversaires du dogme classique ; circonstance aggravante, ces poètes sont jeunes et ambitieux : en 1820, Lamartine a 30 ans, Vigny 23, Hugo 18, Sainte-Beuve 16, Musset 10 ans. Ce premier romantisme exalte donc le Roi, Dieu et le Poète ; mais ces hommes jeunes évoluent et, poussés par leur logique personnelle autant que par le contexte politique, certains d'entre eux se rapprochent du courant libéral qui aidera, en juillet 1830, à la chute des Bourbons et à l'instauration d'une monarchie parlementaire. Pendant quelques années, ce qu'on a parfois appelé le « second romantisme » vivra avec passion l'aventure révolutionnaire, désirant avec les saint-simoniens un monde meilleur qui réaliserait les promesses de 1789. Or, après la répression des grandes émeutes parisiennes et ouvrières de 1831, 1832 et 1834, le régime amorce un tournant décisif, et se charge de gérer la nouvelle révolution qui commence alors, celle de l'industrie et de la finance. La poésie, prise entre le succès de la presse d'information ou de distraction et un retour à l'ordre moral qui culminera sous le Second Empire, ne trouve plus sa place. Dès la fin des années 1830, hormis quelques destinées exceptionnelles, la parenthèse romantique est refermée.

Le phénomène littéraire est plus difficile à analyser. Il y a, schématiquement, deux thèses en présence. Pour les uns, les poètes de 1820 seraient les fondateurs, directs ou indirects, de toute modernité ; leur idéalisme esthétique annoncerait Mallarmé, leur refus du style élevé et du cloisonnement des genres Baudelaire, leur libre utilisation de l'image et de la métaphore Rimbaud. Pour d'autres, les romantiques seraient, à leur insu, les continuateurs des néoclassiques, auxquels ils auraient emprunté l'essentiel de leur technique poétique ; ils auraient seulement substitué le sentiment à la raison. Malgré quelques déclarations prometteuses mais très générales, les réalisations concrètes resteraient fidèles à la tradition : les vraies ruptures devraient donc être datées des générations suivantes. Revenons sur les points principaux de cette critique.

1. Il est vrai que, aujourd'hui, l'apport romantique à l'histoire des techniques poétiques paraît mince ; mais notre point de vue est anachronique. En prônant l'enjambement, l'atténuation, parfois jusqu'à sa disparition, de la césure médiane de l'alexandrin (6/6), la souplesse dans le choix des rimes, la liberté pour le choix du vocabulaire, les romantiques s'en prenaient aux quatre principes de la théorie classique, autour desquels avaient tourné, depuis le XVIe siècle, la plupart des discussions esthétiques. Les solutions qu'ils ont proposées, même s'ils ne les ont pas toujours appliquées, résultent d'une large exploration des possibilités qu'offre le vers régulier français.

2. Il y a probablement autant de périphrases et d'épithètes poétiques en 1830 que chez Delille, de même que nous trouvons dans la poésie contemporaine beaucoup de tournures rimbaldiennes et mallarméennes. Cependant, la fonction du mot et de l'image a profondément changé ; ceux-ci ne reflètent plus une conception poétique de la belle représentation, mais traduisent la vérité du poète, une vérité qu'aucun autre mot (plus ou moins beau, plus ou moins simple, qu'importe) n'aurait pu délivrer.

3. Outre la luxuriance des métaphores, le trait le plus visible de la poésie romantique est son caractère fortement oratoire. Souvenir d'une formation scolaire, sans doute. Mais surtout, le poète, même guidé par l'inspiration, reste maître de sa parole et de sa pensée ; « je » n'est pas encore un autre, et le discours poétique n'a pas éclaté sous la pression de l'inconnaissable. Victor Hugo écrit à la première personne, ou plutôt il parle – harangue et versifie, c'est tout un : « Hugo, dans sa tâche mystérieuse, rabattit toute la prose, philosophie, éloquence, histoire ou vers, et, comme il était le vers personnellement, il confisqua chez qui pense, discourt ou narre, presque le droit à s'énoncer » (Mallarmé, *Crise de vers*).

On peut s'irriter de cette inflation rhétorique du vers ; mais elle correspond à un point d'équilibre, très rare dans notre tradition littéraire, entre l'affirmation de soi et la volonté de laisser se dire ce qui, par nature, échappe au langage de la raison consciente.

7. Baudelaire, Rimbaud, Mallarmé et les autres

L'histoire poétique de la deuxième moitié du XIXe siècle est si mouvementée et si complexe qu'il faut privilégier ici les auteurs qui paraissent avoir pesé le plus sur les évolutions futures du genre.

Considéré sous cet angle, le Parnasse fut un mouvement stérile. Bien que son nom lui soit venu, en 1866, de la publication du recueil collectif *Le Parnasse contemporain,* ses origines remontent bien plus loin, à la vague de moralisme qui voulut, dans les années 1830, endiguer le romantisme pour le mettre au service des justes causes. Cet art utilitaire, bâtard d'un classicisme et d'un romantisme aussi mal compris l'un que l'autre, provoqua la réaction de quelques jeunes écrivains, à laquelle Théophile Gautier donnera sa devise célèbre : « il n'y a de vraiment beau que ce qui ne peut servir à rien ; tout ce qui est utile est laid » (préface de *Mademoiselle de Maupin,* 1834).

Théophile Gautier fut donc la figure tutélaire du Parnasse, de même que Leconte de Lisle en a été le maître. Mais les jeunes poètes qui se réunissent chez celui-ci, sous Napoléon III, baignent dans une nouvelle atmosphère : leur mépris du bourgeois s'étend désormais aux frivolités festives de la capitale, et le romantisme est assez loin pour leur paraître un temps d'inutiles effusions. Au demeurant, ces poètes, dont les plus connus jouiront, sous des formes diverses, de la sollicitude impériale, auront à cœur de mener une existence honorable d'« hommes de lettres ». Leurs principes se rapprochent de la tradition malherbienne et ont emprunté au XVIIe siècle l'emploi du mot Parnasse pour désigner un recueil collectif. Non seulement la poésie ne vise pas à une utilité pratique (ce truisme ne sert qu'à faire rédiger de vaines dissertations), mais elle n'a pas à signifier ou à symboliser d'obscures vérités. Le thème, toujours très clair, est prétexte à manifester la beauté de textes fermement composés. Précieuse et monumentale à la fois, la poésie parnassienne se signale par une syntaxe nette et parfois pesante, par un vocabulaire recherché et volontiers exotique ou antiquisant, par des effets de rythme accentués par la richesse des rimes, le tout devant produire une impression de densité, de solidité et d'éclat. Voici, par exemple, le premier septain de « La Véranda » de Leconte de Lisle :

Au tintement de l'eau dans les porphyres roux
Les rosiers de l'Iran mêlent leurs frais murmures,
Et les ramiers rêveurs leurs roucoulements doux,
Tandis que l'oiseau grêle et le frelon jaloux,
Sifflant et bourdonnant, mordent les figues mûres,
Les rosiers de l'Iran mêlant leurs frais murmures
Au tintement de l'eau dans les porphyres roux.

Mais *Le Parnasse contemporain* a d'abord été un moyen d'entraide pour de jeunes écrivains désireux d'écrire et d'être publiés : ainsi de Paul Verlaine, que les *Poèmes saturniens* (1866) et les *Fêtes galantes* (1869) révèleront. Il est inutile de souligner l'extraordinaire modernité d'une poétique qui cherche à estomper les marques trop visibles de la littérarité (le vocabulaire, la régularité excessive des rythmes, les figures de rhétorique, etc.). On ne peut dire, cependant, que Verlaine ait jamais été un maître à écrire : le miracle de son écriture, qui provient d'une accumulation d'infimes réussites, exige un tel dénuement volontaire de l'expression qu'il apparaît difficilement renouvelable ; cette esthétique tenait aussi trop intimement à la personnalité évanescente de son auteur.

La postérité de Lautréamont, elle aussi, est peu claire. Le surréalisme, cinquante ans après sa mort, en a fait un mythe de la poésie française, parce qu'il voyait en lui le précurseur de sa démarche. Jusqu'à cette date, on sait seulement qu'il a été un jeune homme à l'existence malheureuse, considéré comme fou et mort à 24 ans, sans avoir eu le temps ou la volonté d'achever la publication des *Chants de Maldoror*, poème en prose étrange, drôle, monstrueux.

Le cas Baudelaire nous ramène dans l'ordre des évidences poétiques. La parution des *Fleurs du mal* en 1857 vaut à son auteur, figure connue du Paris artistique et littéraire, un succès d'estime – ou de scandale, à cause de la condamnation en justice pour outrage aux bonnes mœurs. Néanmoins, on trouve généralement l'œuvre plus étrange qu'admirable, plus curieuse qu'étrange. Selon le jugement très ambigu du critique Sainte-Beuve, « M. Baudelaire a trouvé moyen de se bâtir à l'extrémité d'une langue de terre réputée inhabitable et par-delà les confins du romantisme connu, un kiosque bizarre, fort orné, fort tourmenté, mais coquet et mystérieux.» Mais, dès les années soixante-dix (Baudelaire est mort en 1867), son importance historique n'est plus contestée, quoique l'œuvre engendre de fréquents malentendus.

Baudelaire a résumé lui-même son esthétique en deux mots : le *surnaturalisme* et l'*ironie*. Par le surnaturalisme, il libère l'imaginaire et donne accès à des réalités dissimulées : avant Rimbaud, Baudelaire est un voyant. Mais l'ironie, en empêchant l'engloutissement dans un univers fantasmatique dangereusement informel, maintient entre le scripteur et le lecteur, puis le mot et la chose, la distance indispensable à l'écriture ; elle transforme le rêve en acte artistique. Concrètement, *Les Fleurs du mal* offrent un ensemble mystérieux d'images et de sensations, proche de la *frénésie* romantique, et pourtant coulé dans un moule très classique, où les articulations d'un style oratoire sont, comme chez les Parnassiens, mises en évidence jusqu'à la feinte maladresse. Cette rugosité volontaire est accentuée par une utilisation très élaborée du matériau phonique, qui ne sert pas à produire une hypothétique euphonie, mais à souligner le sens, voire à conférer une sorte d'existence autonome à la forme sonore du poème. Une voix insistante tenant deux discours contradictoires, telle est, d'une formule, l'originalité baudelairienne.

Mais sa complexité a encouragé tous les contresens : certains n'y ont vu qu'une provocation négligeable ; d'autres ont pris pour maladresses les marques de la versification classique ; enfin, la plupart des admirateurs de Baudelaire, négligeant les indices que fournissait la structure littéraire, ont été sensibles à la démarche psychologique : les Décadents des années 1880 y ont vu une complainte existentielle, les catholiques un cri mystique, les autres une exploration langagière de l'inconscient. Néanmoins, même si *Les Fleurs du mal* doivent en partie leur célébrité à la variabilité des interprétations, d'ailleurs encouragée par le principe ironique de Baudelaire, le recueil reste une des sources majeures de la sensibilité poétique du XXe siècle.

D'autre part, les formes qu'a prises cette sensibilité doivent beaucoup à Rimbaud et à Mallarmé, évoqués dans le chapitre précédent. Nous n'y ajouterons que quelques mots.

Tous les deux veulent mettre fin à la poésie traditionnelle, c'est-à-dire à une poésie dont la qualité, déterminable suivant des critères objectifs, se mesurerait à sa beauté. Pour Rimbaud, le poète est, par le langage, à la fois expérimentateur et sujet d'expérience. À ses risques et périls et hors du champ de la conscience, il se cherche, en se débarrassant de tout ce qui l'entraverait dans sa quête (en particulier, la versification, la cohérence sémantique ou tout effet rythmique) :

> Un soir, j'ai assis la Beauté sur mes genoux.– Et je l'ai trouvée amère. – Et je l'ai injuriée.
> (Prologue d'*Une saison en enfer*)

Le meilleur poème, de préférence en prose, est celui qui a pu saisir, dans leur succession désordonnée, des visions fugaces : à la limite, il peut, comme *Les Illuminations,* devenir indécryptable pour le lecteur.

Chez Mallarmé, la beauté est une notion métaphorique, qui désigne l'expression, par le texte poétique, des rapports parfaitement proportionnés que la pensée pure établit entre les idées : la littérature est la figuration de l'intelligence et, comme pour Rimbaud, le moyen d'accéder à une connaissance supérieure. Mais alors que ce dernier semble s'abandonner aux forces primitives qui animent le langage, une fois qu'on l'a libéré de son carcan logique, Mallarmé en appelle à une conscience supérieure des ressources linguistiques et des règles prosodiques : l'hermétisme mallarméen, dont la cohérence, très réelle, échappe au lecteur, est d'une autre essence que l'obscurité rimbaldienne.

8. Le symbolisme et ses avatars

Le temps qui sépare Mallarmé des surréalistes est à peu près oublié des manuels de littérature, exception faite d'Apollinaire et de quelques curiosités littéraires. C'est pourtant, par excellence, l'époque des avant-gardes. L'augmentation rapide du nombre des étudiants, et notamment des étudiants en lettres, accroît d'autant celui des jeunes poètes qui, à Paris, trouvent dans le Quartier latin un lieu privilégié d'activité intellectuelle. En province, la multiplication des revues et des groupes littéraires et la redécouverte des terroirs favorisent les débuts d'une littérature régionaliste. Si les écrivains provinciaux sont souvent issus de cette petite bourgeoisie qui fit les beaux jours de la IIIe République, les élites désœuvrées de la capitale, aristocratiques ou bourgeoises, s'intéressent à la poésie, genre noble et désintéressé : on n'a jamais autant compté de poétesses et de poètes à particule. Le bilan de la période, quoiqu'il fasse apparaître, inévitablement, une foule de petits ridicules et de naïves ambitions, n'en est pas moins d'une exceptionnelle richesse. Son oubli n'a pas d'autre explication raisonnable que la Première Guerre mondiale, immense traumatisme national et européen qui a fait reculer dans un lointain passé les temps qui ont immédiatement précédé le conflit.

Le principal mouvement poétique de ce premier entre-deux-guerres (celles de 1870 et de 1914) est le symbolisme. Il a pour viviers les nombreux mouvements de poètes étudiants qui pratiquent indifféremment la provocation, la littérature, le canular ou la fête, et qui s'appellent les *hydropathes*, les *hirsutes*, les *zutistes*, les *jemenfoutistes*. Son terreau est l'idéologie de la décadence, dans laquelle baigne cette fin de siècle. Enfin, son principe esthétique, repris de Mallarmé, est le symbolisme : le poème ne doit pas dire la réalité, mais en donner un symbole, c'est-à-dire susciter, par les moyens de la poésie, une impression analogue à celle produite par la réalité. Les symbolistes explicitent ainsi le mode général du fonctionnement poétique, tel qu'il est aujourd'hui compris.

Mais, très souvent, le symbolisme va de pair avec une conception musicale de la poésie : celle-ci devrait faire résonner en elle rythmes, mélodies, harmonies. C'est pourquoi certains symbolistes (Gustave Kahn, Francis Vielé-Griffin, Maurice Maeterlinck, etc.) défendent le vers libre, censé comporter des rythmes plus souples et plus subtils que le vers isosyllabique. Pourtant, la dernière innovation poétique viendra de la peinture, non de la musique : au début du XXe siècle, quelques poètes, fréquentant les artistes montmartrois et suivant de près les tentatives cubistes, privilégient l'assemblage d'images au détriment de la composition rythmique. Même si certains, comme Guillaume Apollinaire, jouent avec virtuosité de la prosodie traditionnelle, la rupture est nette : la poésie, plutôt que la musique charmeuse que suggère, à la même époque, l'œuvre de Valéry, sera la transcription, spatiale et graphique, de fulgurances psychiques.

9. Le surréalisme

Sur bien des points, le surréalisme rappelle, à un siècle de distance, le romantisme : les deux mouvements suivent une période d'épuisement national, provoqué par des guerres extérieures meurtrières (les guerres napoléoniennes et la Première Guerre mondiale) ; ils sont le fait d'hommes jeunes et provocateurs, décidés à manifester joyeusement leur mépris des institutions établies : l'inventivité poétique est coordonnée à un projet d'action politique qui privilégie le modèle révolutionnaire ; surtout, quels que soient les emprunts faits au passé, ils ont transformé profondément l'idée que chacun, après eux, s'est faite de la poésie.

Sur un plan littéraire, la continuité est évidente d'Apollinaire (ou d'autres) aux surréalistes (Breton, Aragon, Éluard, Desnos, etc.), en passant par le cubisme et le futurisme de Marinetti. Mais, brisant ce parcours, il y eut la guerre, et l'effondrement dans le sang de tous les repères idéologiques qui donnaient sens, avant 1914, aux pratiques artistiques. Le surréalisme n'est pas un nouveau courant littéraire : il est nouveau parce qu'il n'est pas un courant littéraire mais l'affirmation d'une révolte absolue devant un monde qui a prouvé son absurdité désastreuse. Entre les avant-gardes de la Belle Époque et lui, il y eut aussi le nihilisme tonitruant du mouvement Dada : « Plus de peintres, plus de littérateurs, plus de musiciens, plus de sculpteurs, plus de religions, plus de républicains, plus de royalistes, plus d'impérialistes, plus d'anarchistes, plus de socialistes, plus de bolcheviques, plus de politiques, plus de prolétaires, plus de démocrates, plus d'armées, plus de police, plus de patries, enfin assez de toutes ces imbécillités, plus rien, plus rien, RIEN, RIEN, RIEN. » (Manifeste d'Aragon lu, le 5 février 1920, à une manifestation Dada.)

Mais, comme il arriva pour le symbolisme, la vulgarisation des procédés surréalistes entraîna des simplifications caricaturales. Les notions d'écriture automatique, de collage, de jeu de mots servent parfois de passe-droit pour composer de médiocres poèmes. Sur deux points cependant, le surréalisme a imprimé sa marque. Le primat de l'image sur toutes les autres formes d'expression ou de signification poétique n'est plus remis en cause et guide une bonne part des études littéraires : à la limite, tout poème, à quelque époque qu'il ait été écrit, tend à être traité comme un texte surréaliste. D'autre part, l'idée d'une évolution poétique (d'un progrès ?) allant « de Baudelaire au surréalisme », est devenue un lieu commun de l'histoire littéraire.

10. LES POÉSIES DU XXe SIÈCLE

Au XXe siècle, la poésie, surréalisme compris, a adopté des formes beaucoup trop hétéroclites pour être résumée en quelques pages ou réduite sans parti pris à un catalogue de noms glorieux. Que l'amateur se reporte aux anthologies, ou plutôt qu'il acquière les minces recueils brochés qui l'attendent sur les rayons des bonnes librairies, accédant au statut, rare sinon recherché, d'acheteur-lecteur de poésie.

3

LE RYTHME

1. Quelques définitions de base

1.1 Le rythme

La notion de rythme est complexe et controversée. Traditionnellement, le rythme désignait la *cadence* poétique, soit le retour régulier d'accents ou, dans la poésie française, la succession de vers et, à l'intérieur de chaque vers, de séquences ayant un nombre égal de syllabes. À la fin du XIXe siècle, au contraire, le rythme a été conçu par les vers-libristes comme le souffle poétique par excellence, contrariant l'équilibre arithmétique du vers. Enfin, pour le théoricien Henri Meschonnic, le rythme est *organisation* du sens dans le discours, ce par quoi la poésie fait sens, en refusant tous les systèmes, linguistiques ou poétiques, qui voudraient le réguler.

Mais les divergences portent plus sur l'interprétation du phénomène rythmique que sur sa définition générale. Représentons-nous abstraitement le discours comme un écoulement continu et monotone de phonèmes, de syllabes ou de mots : le rythme sera alors tout ce qui viendra briser cette continuité et cette monotonie. On appellera donc rythme *l'apparition, régulière ou non, mais discontinue par essence, de phénomènes accentuels jouant à la fois sur l'intensité et la durée de la diction poétique, elles-mêmes corrélées à la valeur sémantique du texte.*

1.2 Le mètre

Le mètre est *l'unité de mesure poétique* : sa nature varie selon les langues. En latin, la poésie repose sur l'alternance de syllabes accentuées et inaccentuées et sur la quantité des syllabes (une syllabe brève ne peut pas être accentuée). Les mètres se présentent comme de brèves séquences syllabiques, dont les plus fréquentes sont :

le dactyle : ´— ∪∪ le spondée : ´— —
l'iambe : ∪ ´— le trochée : ´— ∪
l'anapeste : ∪∪ ´—
(L'accent aigu symbolise l'accent métrique, le trait horizontal une syllabe longue, un demi-cercle une syllabe brève.)

Un vers est formé d'un nombre fixe de mètres déterminés. Par exemple, l'hexamètre dactylique, l'équivalent de notre alexandrin, est une suite de six dactyles (en fait, de cinq dactyles dont les quatre premiers peuvent être remplacés par un spondée puis, en position finale, d'un spondée ou d'un trochée). Dans la poésie gréco-latine, chaque mètre comportait donc un temps fort, qu'on avait l'habitude de marquer d'un coup de pied, comme, en musique, on bat la mesure. D'où le terme de pied pour désigner, par extension, le temps fort et les temps faibles qui l'accompagnent, soit le mètre entier. La poésie allemande, comme beaucoup d'autres, tire aussi son organisation métrique de l'alternance temps fort, temps faible(s) et du nombre de temps forts par vers.

La mesure du vers français est définie seulement par le nombre total de syllabes. Le mètre s'identifie au vers entier, et il y a autant de mètres différents qu'il y a de types de vers. Un alexandrin est ainsi constitué de douze syllabes, *accentuées ou non* : l'emploi du mot pied, ici aberrant, est à proscrire.

Cependant, tout vers n'est pas un mètre : le vers libre, dont la délimitation, laissée à l'initiative du poète, ne dépend nullement du nombre de syllabes, n'est pas métrique.

1.3 La métrique

Dans l'Antiquité, la métrique englobait toutes les techniques qui permettaient de déterminer les mesures (les mètres) des vers. Puisque, en français, le vers est le mètre, la métrique doit se comprendre comme un synonyme de versification, appellation tombée en désuétude.

1.4 La prosodie

Scolairement, la prosodie est la connaissance de la longueur des syllabes latines ou grecques, indispensable à la scansion des vers. Par analogie, on parle de prosodie syllabique à propos des *règles qui fixent le décompte des syllabes en poésie française.* Mais, aussi bien dans l'Antiquité qu'en linguistique contemporaine, la notion de prosodie a une bien plus large acception. À la prosodie nous préférerons donc ici l'expression de compte syllabique.

1.5 L'harmonie et la mélodie poétique

Une musique se caractérise en termes de rythme, d'harmonie et de mélodie. L'harmonie, qui est la science des accords, détermine quels sont les vers voisins ou, au contraire, dissonants en décomposant les sons en ses composantes, les harmoniques : deux sons différents peuvent avoir plusieurs harmoniques en commun. La mélodie est l'agencement des sons, dont l'intensité et la vitesse de succession dépendent du rythme. Métaphoriquement, *l'harmonie poétique traduit une combinaison de phonèmes identiques ou voisins (assonances, allitérations, etc.), la mélodie une suite de phonèmes produisant un effet esthétique particulier.* Mais l'harmonie qui, en poésie, découle d'une série de phonèmes successifs, est aussi un fait mélodique, et la mélodie, de son côté, repose sur la récurrence de sons harmoniques : les deux notions sont complémentaires.

1.6 Le vers

Le *versus* latin (de *vertere*, tourner) était originellement le sillon, toujours égal, que le laboureur traçait avant de faire demi-tour avec son araire. il était seulement défini par la nature et le nombre de ses mètres : une fois ceux-ci complets, le poète n'avait plus qu'à revenir à son point de départ pour commencer un nouveau vers.

Cette conception s'applique aisément au vers syllabique français : le vers est achevé lorsque toutes les positions syllabiques prévues sont remplies et que, le cas échéant, la pause obligatoire à l'intérieur du vers a été respectée.

Mais comment définir le vers non métrique de la poésie contemporaine ? Dans l'Antiquité, ce qui n'était pas *versus* était *prorsa* (prose), discours allant de l'avant sans faire demi-tour. Dans la logique de cette métaphore agricole, on constatera que, sur la page imprimée, le vers, métrique ou non, s'arrête avant la fin normale de la ligne typographique, tandis que la prose occupe tout l'espace autorisé par la justification choisie. C'est grâce au *blanc* disposé à la droite (et parfois à la gauche) du texte que nous en détectons la nature versifiée – le blanc, ou la pause qui en est la manifestation orale, à moins que ce soit le contraire.

Mais le vers n'est pas toute la poésie. Entre le vers poétique et la « prose prosaïque », il existe des formes mixtes.

1.7 La prose poétique

Contre une poésie métrique sclérosée et sans inspiration, certains grands prosateurs de la fin du XVIIIe siècle (par exemple, Rousseau et, peu plus tard, Chateaubriand) ont tenté l'expérience d'une prose poétique qui, sans revendiquer le nom de « poème », reposait sur une élaboration rythmique et métaphorique réelle.

1.8 Le poème en prose

Ses précurseurs furent, au XIXe siècle, Aloysius Bertrand (*Gaspard de la nuit*), Baudelaire (*Le Spleen de Paris*), Rimbaud (*Les Illuminations*). Sa nature est presque opposée à celle de la prose poétique : le poème en prose se veut poème mais ne cherche pas à mimer, par la prose, les effets de la poésie traditionnelle (rythmicité, rhétorique de l'image, etc.). Il se présente, au premier abord, comme une attitude de refus : refus de la logique ordinaire du langage, qui bride l'imagination et le pouvoir d'évocation, refus des règles littéraires (narratives, descriptives ou poétiques) qui dépersonnalisent l'écriture. Formellement, le poème en prose se signale par sa brièveté et une certaine incohérence de surface.

1.9 Le verset

Le terme s'emploie notamment à propos des paragraphes poétiques de Claudel et de Saint-John Perse. En voici deux exemples :

> Les mots que j'emploie,
> Ce sont les mots de tous les jours, et ce ne sont point les mêmes !
> Vous ne trouverez point de rimes dans mes vers ni aucun sortilège.
> Ce sont vos phrases mêmes. Pas aucune de vos phrases que je ne sache reprendre !
> (Claudel, « Magnificat », 1913)

> Secret du monde, va devant ! Et l'heure vienne où la barre
> Nous soit enfin prise des mains !... J'ai vu glisser dans l'huile sainte les grandes oboles ruisselantes de l'horlogerie céleste,
> De grandes paumes avenantes m'ouvrent les voies du songe insatiable,
> (Saint-John Perse, « Amers », 1957)

On ne peut parler de vers, puisqu'il n'y a pas de repère métrique et que le passage à la ligne et l'alinéa respectent les règles de la typographie normale. Mais ces paragraphes, interrompus ou continués au gré du souffle poétique, ne correspondent pas à ceux de la prose, qui traduisent les articulations logiques des textes.

2. Le vers syllabique français

La nature du vers dépend du nombre de syllabes. Les formules les plus fréquentes sont :
– le vers de 6 syllabes : l'hexasyllabe ;
– le vers de 8 syllabes : l'octosyllabe ;
– le vers de 10 syllabes : le décasyllabe ;
– le vers de 12 syllabes : le dodécasyllabe, plus communément appelé alexandrin.

Mais on trouve aussi :
– le vers de 4 syllabes : le tétrasyllabe ;
– le vers de 5 syllabes : le pentasyllabe ;
– le vers de 7 syllabes : l'heptasyllabe ;
– le vers de 9 syllabes : l'ennéasyllabe ;
– le vers de 11 syllabes : l'hendécasyllabe.

On notera au passage que, contrairement à une croyance tenace, les mètres impairs ont été pratiqués comme les pairs.

Pour qu'un mètre soit perçu comme tel par un auditeur, il doit être répété : la succession de trois vers de longueurs différentes aboutirait à la prose. Un poème classique est donc généralement fait d'une suite de vers égaux en nombre de syllabes ; on le dit *isométrique* (ou *isosyllabique*). Dans le cas contraire, le poème est *hétérométrique* (ou *hétérosyllabique*) : on parlait au XVIIe siècle de *vers mêlés* ou, dans un sens très différent d'aujourd'hui, de *vers libres*.

Le lecteur de poésie doit donc apprendre à dénombrer les syllabes, puis, à force d'habitude et de récitation à voix haute, intérioriser assez les formes canoniques de la métrique française pour ne plus avoir à compter. La règle générale est très simple à comprendre et à appliquer, même si, pour les linguistes, elle soulève des difficultés théoriques considérables : à chaque voyelle distinctement perçue correspond une syllabe.

Ex. : Rien ne sert de courir : il faut partir à point.
1 2 3 4 5 6 7 8 9 10 11 12

Cependant, deux cas de figure particulièrement délicats exigent quelques éclaircissements : les suites de voyelles en contact et les e atones.

2.1 Les suites de voyelles en contact

Entre les voyelles de deux syllabes successives, s'interposent généralement une ou plusieurs consonnes. Mais que se passe-t-il lorsque, en l'absence de démarcation consonantique, les deux voyelles se touchent ? Les solutions varient selon que les voyelles se rencontrent à l'intérieur d'un mot ou au point de contact de deux mots, c'est-à-dire à la fin d'un mot et au début du mot suivant.

À l'intérieur du mot

Soit le nom « lion » ; y a-t-il une (lion) ou deux (li-on) syllabes ?
Si les deux voyelles sont comptées pour une il y a *synérèse*, pour deux *diérèse*.

Ex. : Et, puisque vous voyez mon âme tout ent*ière* (synérèse)
Seigneur, ne perdez plus menace ni pr*i*-*ère* (diérèse)
(Corneille, *Nicomède*, III, 2)

En théorie, on ne choisit pas : lorsque le mot latin qui est à l'origine du mot français comportait deux voyelles, la scansion fait la diérèse (*inquietum* → inqui-et) ; à l'inverse, si les deux sons français résultent de l'évolution phonétique d'une seule voyelle latine, la synérèse est de règle (*pedem* → pied). Mais ce principe, pour diverses raisons, n'a jamais été strictement appliqué :

1. S'il est admis que la diction poétique peut se distinguer assez fortement de la prononciation courante, il lui faut rester dans les limites du possible : comment faire d'ouvrier un mot dissyllabique (ou-vrier) conformément à l'étymologie, et non le vocable trisyllabique (ou-vri-er) que nous sommes presque contraints de prononcer ?

2. Les mots monosyllabiques deviennent facilement dissyllabiques pour être mieux audibles, même si l'étymologie l'interdit. Ainsi hier (*heri*) compte-t-il souvent pour deux syllabes.

3. Dans la mesure où la perception du fait étymologique s'est suffisamment affaiblie (cela dépend des époques, mais aussi des mots), les poètes

n'hésitent pas à pratiquer diérèse ou synérèse pour les besoins du compte syllabique.
4. Historiquement, en vertu de la loi dite du moindre effort, la tendance linguistique est à la synérèse, qui diminue la dépense articulatoire. Même avec retard, la poésie suit cette évolution.

Au point de jonction de deux mots

Si la première voyelle est un e atone (ou muet), elle est élidée.

Ex. : O tendress(e) ! Ô bonté trop mal récompensée ! (Racine, *Phèdre*, IV, 1)

Dans tous les autres cas, les deux voyelles sont entendues, et la diérèse est obligatoire. Comme elles se succèdent sans consonne intermédiaire, la bouche reste ouverte : il y a hiatus (du latin *hiare,* ouvrir la bouche).
Dans la poésie classique, l'hiatus est interdit, à trois exceptions près :
1. Lorsque la deuxième voyelle est précédée d'un h aspiré ; sa prononciation suppose, au moins, une légère rupture grâce au coup de glotte qui accompagne toute attaque vocalique.

Ex. : Dieu, qu*i hait* les tyrans, et qui dans Jezraël (Racine, *Athalie*, I, 2)

2. Lorsque la première voyelle est une nasale.

Ex. : Lorsqu'au premier faqu*in i*l court en faire autant
(Molière, *Le Misanthrope*, I, 1)

3. Lorsque la première voyelle est suivie d'un e atone élidé et, en conséquence, allongée par position ; la différence de longueur entre les deux voyelles suffit à éviter tout hiatus désagréable.

Ex. : Le Ciel te donne Achille, et ma j*oye est* extrême (Racine, *Iphigénie*, III, 1)

Mais ce désagrément est-il réel ? En fait, rien ne justifie le refus systématique de l'hiatus ; au contraire, la pratique des textes, à laquelle nous renvoyons notre lecteur, montre que l'hiatus crée une gêne seulement si les deux voyelles sont identiques ou appartiennent à une même famille de phonèmes (cf. le chapitre suivant). L'hiatus de « j'ai à dire » se remarque beaucoup moins que celui d'« il a à dire ». Ce dernier énoncé se prononce en accentuant le deuxième /a/ au détriment du premier, donc en introduisant une différence d'intensité. D'ailleurs, gêne articulatoire ne signifie pas faute poétique : l'appesantissement de la voix qu'occasionne parfois l'hiatus est un outil stylistique à la fois efficace et économique.

Ex. : Le pr*é est* vénéneux mais jol*i en* automne (Apollinaire, « Les Colchiques »)

2.2 L'e atone (ou caduc, ou muet)

L'e atone est ainsi appelé parce qu'il n'est pas accentué, à l'exception du pronom « le » après un verbe à l'impératif (ex. : prends-le). Dans la prononciation courante, cet e est élidé et devient muet si le locuteur le juge utile. Le choix d'élider dépend du contexte phonique et des habitudes sociales ou géographiques ; pour l'essentiel, c'est affaire d'usage. On peut prononcer « je te dis », ou « je t'dis », ou encore « j'te dis », mais jamais « j't'dis ».

En poésie, l'e atone devant consonne compte toujours pour une syllabe, sauf si l'application de cette règle contrevient trop manifestement à la pratique linguistique générale. À partir de ce principe, on peut distinguer quatre situations différentes :

1. Si l'e atone est placé entre deux consonnes, il vaut pour une syllabe :

Ex : Gêne, Flatte, surprends. Vous autres, suivez-moi
1 2 3 4 5 6 7 8 9 10 11 12

(Corneille, *Héraclius*, IV, 5)

2. Si, à l'intérieur d'un mot, l'e atone est placé entre une voyelle et une consonne, il est élidé en poésie comme en prose (ex. : il essai(e)ra). Pour éviter toute hésitation, il arrive que cet e soit remplacé par un accent circonflexe, notamment dans les adverbes en -ment (ex : gaîment).

3. Si, à la fin d'un mot, l'e atone est placé entre voyelle et consonne, il devrait compter pour une syllabe (je crie fort). Il en va de même s'il est
1 2 3 4
suivi d'un s (tu cries à l'aide). Mais on sent bien l'artifice, que ne parvient
1 2 3 4 5
à atténuer aucune subtilité de diction. On a donc décidé d'interdire, en poésie classique :

– la finale voyelle + e atone + s ;
– la finale voyelle + e atone, si le mot suivant commence par une consonne.

4. Si un mot se termine par un e atone et que le mot suivant commence par une voyelle, l'e est élidé (je cri(e) à l'aide).

Ces règles sont simples, mais doivent être maîtrisées : la plupart des erreurs dans le compte syllabique proviennent des e atones. Signalons enfin que nous avons parlé jusqu'à présent d'élision, notion immédiatement compréhensible mais ambiguë : l'élision concerne l'écriture autant que la prononciation. Plus précisément, la non-prononciation d'une voyelle se nomme *syncope* à l'intérieur d'un mot, *apocope* à la fin.

Ces conventions sur l'e atone sont arbitraires ; c'est pourquoi la poésie moderne, comme pour la synérèse, accorde une plus grande liberté au poète dans l'emploi de l'élision et lui autorise les pratiques du langage parlé :

Ex. : Je vous aim(e), gars des pays blonds, beaux conducteurs...
(E. Verhaeren, « L'Effort »)

Evitons cependant la caricature. Lorsque l'e atone est compté pour syllabe, cela ne signifie pas qu'il soit réellement prononcé ; c'est d'ailleurs impossible s'il est suivi d'une ponctuation forte.

Ex. : Tu m'écout*es*. Ma voix ne t'est point étrangère. (Racine, *Esther*, Prologue)

Néanmoins, il faut faire sentir par la diction que l'e atone occupe une des positions métriques du vers ; le récitant dispose de plusieurs moyens :
- l'allongement de la syllabe précédente ;
- l'allongement de la consonne précédant immédiatement l'e atone ;
- le respect d'une pause, même très brève, à la place de l'e atone.

Sous réserve de respecter la métrique et la prononciation, l'e atone est un des éléments primordiaux de la diction poétique, parce qu'il maintient dans le vers une tension permanente et exprime, par des différences de durée et d'intensité, voire par des silences, la nature rythmique des textes. Ses défenseurs actuels peuvent invoquer le témoignage de Mallarmé : « J'ai toujours pensé que l'E muet était un moyen fondamental du vers et même j'en tirais cette conclusion en faveur du vers régulier, que cette syllabe à volonté, omise ou perçue, autorisait l'apparence du nombre fixe, lequel frappé uniformément et réel devient insupportable autrement que dans les grandes occasions » (Lettre à Camille Mauclair, 9 octobre 1887).

3. La rime

3.1 Définition

La rime est l'identité, à la fin de deux ou plusieurs vers, d'un phonème ou davantage dont, au moins, la dernière voyelle accentuée et tout ce qui la suit.

Ex. : – bu et chenu riment, puisqu'ils ont en commun le /y/ final ;
– bulle et butte ne riment pas, puisque les consonnes finales sont différentes ; il y a seulement *assonance* ;
– bulle et balle ne riment pas, puisqu'ils n'ont en commun qu'une consonne (/l/) et l'e atone.

3.2 Rime et rythme

Le mot *rime* dérive du latin *rythmus*, dont notre « rythme » est une autre variante orthographique. En effet, la fonction originelle de la rime, en marquant la fin de vers et en établissant un parallélisme d'un vers à l'autre, était de souligner le rythme métrique : l'isosyllabique et la rime formaient un système homogène, substitut de la scansion latine fondée sur la quantité des syllabes.

3.3 Les règles classiques

Comme on l'a vu pour l'e atone, l'âge classique a confirmé ou inventé un certain nombre de règles impératives :
– Il a maintenu l'alternance entre rimes féminines (terminées par un e atone) et rimes masculines (sans e atone) ; elle se justifiait d'un point de vue phonétique et rythmique lorsque l'e atone se prononçait encore (sans doute jusqu'au XVIIe siècle). Mais qui, aujourd'hui, perçoit une différence entre port/dort et pore/dore? Apollinaire a donc proposé de remplacer l'alternance traditionnelle par une alternance entre rimes vocaliques (dont le dernier son perçu est une voyelle : t*on*/pris*on*) et rimes consonantiques (dont le dernier son perçu est une consonne : po*r*t/do*r*e).
– quoique la rime soit fondée sur le son, non sur la lettre, il a édicté qu'elle devait satisfaire l'œil autant que l'oreille ; plus précisément, il fallait que la consonne finale, même si elle n'était pas entendue, fût identique ou, du moins, prononcée identiquement en cas de liaison (par exemple, x et s se prononcent tous deux /z/, en liaison). Cette règle a parfois été interprétée de façon plus discutable, et on a considéré que la rime pour l'œil suffisait. Mais, en réalité, la plupart des rimes pour l'œil sont d'anciennes rimes pour l'oreille : ainsi la rime normande (lever/mer) tire-t-elle son nom de l'ancienne prononciation normande de l'infinitif, qui faisait entendre le /r/ final.

3.4 La richesse de la rime

Les notions de rime riche ou pauvre ont varié suivant les époques. La conception contemporaine se retient par un moyen mnémotechnique simple. Puisque la rime repose sur la voyelle (V), que la consonne (C) appuie parfois, accordons deux points à la voyelle, un à la consonne :

– la rime pauvre égale deux points :

V : chen*u*/v*u*

– la rime suffisante égale trois points :

V+C : can*al*/chev*al*
C+V : ca*naux*/che*naux*

– la rime riche égale quatre points :

C+V+C : che*nal*/ca*nal*
C+C+V : mu*squé*/ri*squé*
V+C+C : ri*sque*/di*sque*
V+V : in*ouï*/j*oui*

– la rime plus que riche égale cinq points et plus.

Au reste, ces catégories sont peu pertinentes, parce qu'elles ne tiennent pas compte de l'environnement immédiat de la rime : cop*ain* et coqu*in* forment une rime pauvre, alors que, à un phonème près, les deux mots sont semblables.

3.5 L'ordre des rimes

Il faut au moins deux vers pour qu'il y ait rime ; non seulement celle-ci structure le vers où elle se trouve, mais elle fait attendre le vers qui lui fera écho : elle contribue à ordonner le poème. On peut imaginer, *a priori*, des systèmes de rimes plus ou moins complexes, à partir de trois types élémentaires de disposition :

– les rimes plates ou suivies : AABB

> Je chante les combats et ce prélat terrible
> Qui par ses longs travaux et sa force invincible,
> Dans une illustre église exerçant son grand cœur,
> Fit placer à la fin du lutrin dans le chœur

(Boileau, *Le Lutrin*)

– les rimes croisées ou alternées : ABAB

Vous connaissez que j'ai pour mie
Une andalouse à l'œil lutin
Et sur mon cœur, tout endormie,
Je la berce jusqu'au matin.

(Musset, « Madame la Marquise »)

– les rimes embrassées : ABBA

Tu sens le vin, ô pâte exquise sans levain.
Salut, Ponchon ! Salut, trogne, crinière, ventre !
Ta bouche, dans le foin de ta barbe, est un antre
Où gloussent les chansons de la bière et du vin.

(Jean Richepin, « À Raoul Ponchon »)

3.6 Les rappels de la rime dans le vers

Les rimes tissent des liens sonores entre les fins de vers ; en outre, elles peuvent trouver un écho à l'intérieur des vers, et constituer ainsi des rythmes secondaires qui enrichissent le rythme métrique. Les Grands Rhétoriqueurs ont systématiquement exploité le procédé, et certaines de leurs figures, sous leur appellation d'origine ou non, ont survécu à leurs créateurs :

– La rime annexée : la rime est reprise au début du vers suivant.

Ex. : Allons de compagn*ie* ;
S*i* le maître des dieux assez souvent s'ennu*ie*,
L*ui* qui gouverne l'univers ...

(La Fontaine, « Le Singe et le léopard »)

– La rime interne : les deux hémistiches d'un même vers riment ensemble.

Ex. : Au joug nous sommes n*és* et n'a jamais ét*é*,
Homme qu'on ait vu vivre en pleine liberté

(M. Régnier, « La Vie de la Cour »)

– La rime batelée : la fin d'un vers rime avec le premier hémistiche du vers suivant.

Ex. : Plus [me plaît] mon petit Lyré, que le mont Palat*in* :
Et plus que l'air mar*in* la douceur Angevine

(Du Bellay, *Les Regrets*, XXXI)

– La rime brisée : ce ne sont pas les fins de vers, mais les premiers hémistiches qui riment.

Ex. : [comme si] Voulant pour cirque l'*ombre*, ils provoquaient d'en bas,
Pour on ne sait quels f*iers* et funèbres combats,
Dans le champ s*ombre* où n'ose aborder la pensée,
La sinistre vis*ière* au fond des cieux baissée.

(Victor Hugo)

4. Les groupes de vers

Entre le vers et le poème, il est possible de recourir à une structure intermédiaire, la strophe. Celle-ci se caractérise non seulement par le nombre de vers, mais par le type de mètre utilisé et la disposition des rimes. Pour qu'il y ait strophe, il faut que le schéma des rimes soit complet, chaque vers ayant son répondant et que la même forme strophique soit répétée au cours du poème ; s'il y a alternance entre plusieurs types de strophes, l'alternance doit être régulière.

La strophe est donc bien plus que le paragraphe de la prose. Pour en mesurer l'importance dans la poésie française, on peut la comparer aux variations musicales sur un même thème, qui allient régularité et diversité : les strophes d'un poème sont les illustrations littéraires d'une structure métrique stable.

Les noms des strophes sont tirés du nombre de vers : distique (2 vers), tercet (3), quatrain (4), quintil (5), sixain (6), septain (7), huitain (8), neuvain (9), dizain (10), onzain (11), douzain (12). Soit cette strophe de Lamartine :

Lorsque du créateur la parole féconde,
Dans une heure fatale, eut enfanté le monde
   Des germes du chaos,
De son œuvre imparfaite il détourna sa face,
Et d'un pied dédaigneux le lançant dans l'espace,
   Rentra dans son repos.

On dira d'elle qu'il s'agit d'un sixain hétérométrique, fait d'alexandrins et d'hexasyllabes (12/12/6/12/12/6), et dont le système de rimes est aaBccB (par convention, on emploie parfois les majuscules pour les rimes masculines, les minuscules pour les féminines).

Par son organisation rigoureuse, la strophe se distingue de la laisse médiévale, au nombre indéterminé de vers assonancés. Cependant, c'est le terme de strophe qui l'a emporté dans le vocabulaire courant : il est préférable de l'employer pour désigner, en poésie contemporaine, *tout groupe de vers isolé par deux blancs,* quels que soient le nombre et la nature des vers.

5. Les poèmes à forme fixe

5.1 Définition

Le principe d'ordre sur lequel repose la strophe peut être étendu à l'ensemble du texte ; le poète applique *un schéma préétabli en ce qui concerne la nature, l'ordre et le nombre des strophes (à moins qu'il ne s'agisse d'un schéma répétable à l'infini, où le nombre est indifférent) ;* il recourt à une forme fixe.

5.2 Les aléas de la forme fixe

Les poèmes à forme fixe naissent au Moyen Âge d'une exigence artistique, en réaction contre la poésie narrative des chansons de geste, à laquelle la métrique sert de moyen mnémotechnique. Mais l'application de structures toutes faites comporte un risque évident de sclérose poétique, la forme fixe devenant prétexte à virtuosité ou, le plus souvent, l'occasion de piller les bons dictionnaires de rimes. Selon les auteurs et les époques, la forme fixe apparaît donc comme la manière d'accéder à un idéal littéraire (cf. les sonnets de Baudelaire ou de Mallarmé) ou comme l'avatar mécanique de la versification.

L'âge d'or de la forme fixe est la fin du Moyen Âge, dominée par le rondeau, la ballade, le chant royal, le triolet et le virelai. La Renaissance, à laquelle le XVIIe siècle emboîtera le pas, préférera la villanelle, le sonnet et l'ode ; le XIXe siècle acclimatera le pantoum malais. La plupart de ces formes n'intéressent plus guère que l'historien ou l'amateur de curiosités littéraires, que nous renvoyons, pour de plus amples explications, au *Dictionnaire de poétique et de rhétorique* d'Henri Morier[1]. Seul le sonnet, importé d'Italie au XVIe siècle, s'est imposé au point de devenir un des genres majeurs de la poésie française.

1. Henri Morier, PUF, 1989 ; 1re éd.:1961.

5.3 Le sonnet

Heureux qui, comme Ulysse, a fait un beau voyage,
Ou comme cestuy là qui conquit la toison,
Et puis est retourné, plein d'usage et raison,
4 Vivre entre ses parents le reste de son aage !

Quand revoiray-je, helas, de mon petit village
Fumer la cheminee, et en quelle saison
Revoiray-je le clos de ma pauvre maison,
8 Qui m'est une province, et beaucoup d'avantage ?

Plus me plaist le sejour qu'ont basty mes ayeux,
Que des palais Romains le front audacieux,
11 Plus que le marbre dur me plaist l'ardoise fine,

Plus mon Loyre Gaulois, que le Tybre Latin,
Plus mon petit Lyré, que le mont Palatin :
14 Et plus que l'air marin la douceur Angevine.

(Du Bellay, *Les Regrets*, XXXI)

Le sonnet est un poème de 14 vers, constitué de deux quatrains et d'un sixain ; le schéma normal des rimes est :

abba abba ccdeed ou
abba abba ccdede

Le sixain final est aujourd'hui perçu comme la juxtaposition de deux tercets. Pourtant, aucun des tercets n'est complet du point de vue des rimes (les seuls tercets possibles seraient ccc ou ddd) et ne constitue une strophe ; ainsi du Bellay n'introduit-il aucune pause syntaxique entre les vers 11 et 12. S'il fallait établir une coupure à l'intérieur du sixain, il serait plus juste de la placer entre le distique à rimes plates (v. 9-10) et le quatrain (v. 11-14) à rimes embrassées (deed) ou croisées (dede).

6. Le rythme métrique

6.1 Le rythme métrique du vers

Il est temps d'introduire une notion constitutive du vers français, dès lors qu'il comporte plus de 8 syllabes : la *coupe* ou la *césure*, qui crée de plus petites unités métriques à l'intérieur du vers et, en conséquence, un rythme interne. Ces coupes métriques, qui doivent être immédiatement identifiées, sont fixes. Le décasyllabe se divise en 4/6 :

Le vent se lève !... // Il faut tenter de vivre !
L'air immense ouvre // et referme mon livre

(Valéry, « Le Cimetière marin »)

ou en 6/4 :

Et l'amertume est douce, et l'esprit clair

(*Ibid.*)

ou enfin, dans la poésie non classique, en 5/5 :

J'ai dit à mon cœur, // à mon faible cœur :
N'est-ce point assez // d'aimer sa maîtresse ?

(Musset, « Chanson »)

Les deux premières formules ont l'avantage de faire entendre deux rythmes décasyllabiques, l'un majeur en 4/6 et l'autre mineur en 6/4, selon que l'on considère le vers ou le deuxième hémistiche d'un vers et le premier du vers suivant.

La coupe de l'alexandrin classique est obligatoirement médiane (6/6) :

Etoile de la mer, // voici la lourde nappe
Et la profonde houle // et l'océan des blés

(Péguy, « Présentation de la Beauce à Notre Dame de Chartres »)

L'inadéquation de la syntaxe au mètre produit un décalage appelé enjambement ; dans ce cas, un groupe syntaxique déborde d'une unité métrique sur une autre :

Je fais souvent ce rêve étrange et pénétrant
D'une femme inconnue, et que j'aime, et qui m'aime

(Verlaine, « Mon rêve familier »)

L'enjambement n'est pas toujours d'un vers sur l'autre, mais, à l'intérieur d'un même vers, d'un sous-ensemble métrique sur l'autre, à condition qu'il y ait une coupe obligatoire ; l'enjambement est dit interne :

Ce voleur acharné, cet Esau malheureux [...]
Si que, *pour arracher à son frère la vie,*
Il méprise la sienne et n'en a plus d'envie

(D'Aubigné, *Les Tragiques*)

Lorsque la partie du groupe syntaxique rejetée dans une autre unité rythmique est inférieure à un hémistiche, on emploie les termes :
– de rejet, si la partie rejetée est postérieure :

> La poésie au front triple, qui rit, soupire
> *Et chante ;* raille et croit ; que Plaute et que Shakspeare
> *Semaient,* l'un sur la plebs et l'autre sur le mob,
>
> (Victor Hugo, « Réponse à un acte d'accusation »)

– de contre-rejet, si elle est antérieure :

> Douces colonnes, *aux*
> chapeaux garnis de jour...
>
> (Valéry, « Cantiques des colonnes »)

6.2 Le mètre et la syntaxe

La question de l'enjambement, aussi technique et antédiluvienne qu'elle paraisse, rejoint pourtant un des problèmes fondamentaux de la poésie versifiée : doit-il y avoir coïncidence entre le rythme métrique et les autres rythmes (ici, celui de la syntaxe) perceptibles dans un texte poétique ? Deux attitudes sont envisageables :
1. Le rythme métrique, parce qu'il est prédominant, doit commander tous les autres. C'est la position des classiques, qui recherchent le parallélisme le plus parfait entre les composantes du poème ; par compensation, ils déconseillaient, afin d'éviter la lourdeur qui pourrait découler de cette uniformité, d'accorder trop d'importance à l'un des éléments rythmiques ; sont ainsi proscrites les rimes excessivement riches ou les formes syntaxiques pesantes. Grâce à ses caractéristiques, l'alexandrin du XVIIe siècle était robuste et, comme on aimait à dire, *sonore* ; la diction circonflexe des acteurs tragiques accentuait sa régularité : la voix montait jusqu'à la césure obligatoire, puis redescendait de la septième à la dernière syllabe.

Ex. : Tout m'afflige et me nuit, et conspire à me nuire
(Racine, *Phèdre*, I, 2)

Mais cette bipartition de l'alexandrin accentuait les contraintes du compte syllabique et encourageait les automatismes commodes, telle l'antithèse :

Ex. : J'ai voulu me venger, et n'ai pu le haïr (Corneille, *Sertorius*, V, 1)

2. Le rythme métrique, toujours parce qu'il est primordial, n'a pas besoin d'autre concours pour être perceptible. Constituant l'architecture du poème, il sera d'autant mieux perçu qu'il existera indépendamment des autres aspects du texte. Les poètes romantiques, entre autres, ont opéré ce découplage rythmique en assouplissant le cadre métrique du vers :

Ex. : Sabrez le droit, / sabrez l'honneur, / sabrez la loi
4 4 4 (Victor Hugo, « Nox »)
Je fais souvent / ce rêve étrange / et pénétrant
4 4 4 (Verlaine, « Mon rêve familier »)

Dans ces deux derniers exemples, l'alexandrin se présente comme l'addition, non de deux hémistiches de six syllabes, mais de trois segments sensiblement égaux : c'est le *trimètre romantique.* Cependant, la coupe métrique traditionnelle coïncide encore avec la fin d'un mot ; deux lectures de l'alexandrin sont possibles :

Ex. : Je fais souvent ce rêve / étrange et pénétrant

En fait, les deux rythmes coexistent, et il revient au lecteur d'établir entre eux une hiérarchie, suivant sa propre interprétation.

Une nouvelle étape sera franchie lorsque la césure théorique interviendra au milieu d'un mot :

Ex. : Jamais nous ne travaillerons, ô flots de feux
1 2 3 4 5 6 7 8 9 10 11 12 (Rimbaud, « Vers nouveaux »)

Enfin le XXe siècle osera couper un mot à la fin du vers :

Ex. : Il n'est d'appréhension monumentale qui ne
M'ait roulé dans sa farine d'aperçus histo-
Riques me faisant perdre des secondes de
Préciosité peut-être ?
(Denis Roche, « Il est une prohibition »)

Dans le même esprit, Aragon défendra la *rime enjambante,* qui prend en compte, pour la rime, la fin d'un vers et le début du vers suivant :

Ex. : Ne parlez plus d'amour, j'écoute mon cœur *battre...*
Ne parlez plus d'amour. Que fait-elle là-*bas*
*Tr*op proche et trop lointaine ô temps martyrisé...
(Aragon, « Petite suite sans fil », *Le Crève-cœur*)

Le procédé, qui évite la recherche de mots devant rimer, accroît considérablement la souplesse de composition, mais conserve au vers son organisation syllabique.

7. L'ACCENT : MYTHES ET RÉALITÉS

Par souci de clarté, nous avons feint de croire jusqu'à présent que le rythme se réduisait au compte des syllabes et à des pauses. C'est évidemment absurde, puisque cela suppose que, rythmiquement, une syllabe en vaut une autre et que la diction est indifférente au sens. De même, on a cherché naguère à assimiler rythme musical et rythme poétique, et à faire de la syllabe une unité mesurable, comme les noires ou les blanches du solfège. C'est aussi impossible : non seulement deux syllabes différentes sont incommensurables l'une à l'autre, mais une même syllabe peut être vocalement réalisée d'une infinité de manières. De l'octosyllabe, par exemple, on doit se borner à constater qu'il comporte, par définition, huit positions syllabiques, sans rien en inférer de son organisation rythmique, qui repose sur d'autres bases : « Ces règles mystérieuses [du rythme poétique] sont aux vieilles règles de la versification ce que dix parties d'échecs menées ensemble sont à une partie de dominos » (Jean Cocteau, *Le Secret professionnel*).

Une partie du mystère est contenue dans la notion d'accent.

Rappelons, pour commencer, que quatre systèmes métriques sont concevables :
– quantitatif (fondé sur la longueur des syllabes) ;
– tonal (jouant sur la hauteur des sons : absent des langues romanes) ;
– accentuel (marqué par le retour de syllabes accentuées) ;
– syllabique.

Les deux premiers sont à peu près inapplicables au français ; outre la syllabe, reste l'accent. Encore faut-il s'entendre sur l'accent linguistique français, dont on a longtemps dit qu'il était inexistant, en ajoutant, parfois, que de cette faiblesse accentuelle venaient toutes les difficultés de notre poésie.

L'accent existe en français, mais il n'est pas un trait distinctif du mot : on peut indifféremment accentuer gé- ou -nial dans génial, on sera toujours compris. L'accent est un facteur d'expressivité, à l'exception de l'accent terminal ; celui-ci est constant et porte sur la dernière syllabe accentuable (c'est-à-dire dont la voyelle n'est pas un e atone) d'un groupe de mots prononcés d'une seule émission de voix, qu'on désigne aussi par la notion de *mot phonologique :*

Ex. : Il est là ?
Il est là-bas ?
Il est là-bas lui ?

On le voit : l'accent terminal est un accent baladeur. Même s'il s'appuie sur le sens, il est automatiquement déterminé par la syllabe qui le porte ; la voix progresse jusqu'à la syllabe accentuée puis redescend, et ainsi de suite :

Ex. : Il est là-bas, cet ostrogoth ?

Donc, toute pause métrique, crée, *ipso facto*, un accent :

Ex. : Pleurez, doux alcyons, // ô vous, oiseaux sacrés

(Chénier, « La Jeune Tarentine »)

Mais, dans ce cas comme dans presque tous les alexandrins, la syntaxe permet de faire une pause supplémentaire à l'intérieur des hémistiches :

Ex. : Pleurez, / doux alcyons, // ô vous, /oiseaux sacrés

Par analogie avec la poésie allemande, certains théoriciens ont admis que l'alexandrin était fait de deux accents fixes et de deux accents mobiles ; cette fois par référence à l'Antiquité, on l'a aussi identifié à un tétramètre à caractère iambique. Ces formulations sont à bien des égards insatisfaisantes : elles assimilent une règle métrique (la fin de vers ou d'hémistiche) à une réalité syntaxique (le groupe de mots) ; d'autre part, les mètres gréco-latins se définissaient par un nombre *déterminé* de longues ou de brèves : le rythme « iambique » de la poésie française se caractérise par son élasticité, et l'utilité de la notion est bien incertaine.

Surtout, d'autres accents interviennent dans la prononciation du français :

– l'*accent d'outil syntaxique*, qui met en valeur les mots indispensables à la compréhension syntaxique de la proposition (mots négatifs, interrogatifs, etc.) :

Ex. : qui est là ?

– l'*accent de début de mot,* d'autant plus audible si le mot est long et qu'il paraît plus important d'en faire percevoir les limites ;

Ex. : un rhinocéros

– l'*accent d'insistance* qui frappe la première consonne du mot ;

Ex. : je suis malheureux.

En outre, le poète ou le récitant peut désirer mettre en valeur telle syllabe pour ses sonorités, notamment en cas de répétition de phonème. Revenons au vers de Chénier :

Pleurez, doux alcyons, ô vous, oiseaux sacrés
1 2 3 4 5 6 7 8 9 10 11 12

Outre les syllabes 2, 6, 8 et 12, il conviendrait d'accentuer le groupe consonantique /pl/ de « pleurez », chargé d'une forte valeur affective (1), « doux » (3) qui contraste avec la douleur à laquelle sont conviés les « alcyons », l'interjection « ô » (7) et le /o/ d'« oiseaux » (10) qui lui fait écho ; pour les mêmes raisons phoniques, il faudra faire entendre les deux /a/ d'« oiseaux » (9) et de « sacrés » (11), tout comme celui d'« alcyons » (4) qui les prépare. Bref, tout est accentuable, et cette importance accordée à chaque syllabe de chaque mot rappelle l'extase littéraire de Bélise et d'Armande, dans *Les Femmes savantes* :

TRISSOTIN
« Faites-la sortir, quoi qu'on die,
De votre riche appartement,
Où cette ingrate insolemment
Attaque votre belle vie »
BÉLISE
Ah ! tout doux, laissez-moi, de grâce, respirer.
ARMANDE
Donnez-nous, s'il vous plaît, le loisir d'admirer.
(Molière, *Les Femmes savantes*, III, 2)

Il est étrange que Molière revienne, si souvent dans son œuvre, à cette satire de la poésie. Car la poésie est d'abord cela : cette attention portée, sans relâche, à la voix, aux sons et aux sens qu'elle porte, et le rythme forme le cérémonial de cette communion verbale — non pas une propriété musicale et artistique, mais une certaine qualité de silence, afin d'entendre pleinement le mot : « Pour le poète, non seulement c'est le mot qui précède et guide l'idée, mais c'est même le son qui précède et appelle le mot, la source première étant au surplus le rythme, et si peu apparent qu'il soit, pour si peu chantant et musical que soit le poète, à condition que celui qui écrit soit, toutefois encore, un peu poète » (Pierre Reverdy, *En vrac*, 1956).

Tout accentuer ne revient-il pas à supprimer les effets accentuels, par excès d'abondance ? Non, à condition de ne pas accentuer également les syllabes : au lecteur de varier sa diction suivant une double échelle de durée et d'intensité pour exprimer sa version du poème. Constatant que la « mise en rythme » d'un texte relève de l'interprétation subjective qu'en fait chacun, nous sommes confrontés au dilemme suivant : soit s'en tenir au rythme métrique, facilement analysable mais pauvre de sens, soit envisager le rythme sous tous ses aspects, quitte à le priver de toute efficacité descriptive. Pratiquement, il faut bien se résoudre à une formule de compromis : partir de la structure métrique en la nuançant par la délimitation des groupes accentuels, puis enrichir cette étude élémentaire par l'observation des autres faits rythmiques, moins faciles à prouver.

8. Quelques figures rythmiques remarquables

Le rythme naît simultanément de la cadence et de sa négation. La succession cadencée de syllabes accentuées et inaccentuées forme la base sur laquelle s'élabore une figure rythmique, qui rompt le mécanisme de l'alternance. Le rythme est rupture dans la régularité, écart par rapport à la norme. Cette norme est double, pour la poésie française : le temps fort (accentué) suit le temps faible, et la coupe suit toujours un temps fort. L'e atone et le contre-accent offrent quelques infractions intéressantes, qui sont autant de figures rythmiques.

8.1 L'e atone non élidé à la coupe

Ils franchissent, foulant l'hydre et le stellion ...

(Hérédia, « Fuite de centaures »)

Où faut-il faire la première coupe ? La logique syntaxique et la ponctuation voudraient une pause à la virgule, après l'e atone de « franchissent » :

Ils franchissent, / foulant l'hydre et le stellion...

Mais cette coupe, appelée *coupe lyrique*, intervient après une syllabe inaccentuée et contrevient à la règle générale. On aura donc tendance à couper ainsi :

> Ils franchi / ssent, foulant l'hydre et le stellion.

Cette coupe, dite *enjambante,* fait commencer le mouvement suivant par une syllabe brève et étouffée ; elle allonge et assouplit le vers : pour cette raison, elle a la préférence des poètes et des théoriciens. Si on l'adopte pour le vers d'Hérédia, on obtient un rythme métrique de type 3/3//1/5 : la régularité du premier hémistiche s'oppose au déséquilibre du deuxième. Cette coupe, étant placée à l'intérieur d'un mot, ne peut être une pause véritable, mais un ralentissement de la voix accompagné d'une baisse brutale de ton : que la coupe soit enjambante ou lyrique, les principes ne sont pas totalement respectés et c'est pourquoi, selon la métrique classique, l'e atone est interdit de part et d'autre de la césure médiane, en position syllabique 6 ou 7.

À vrai dire, c'est dans la deuxième moitié du XIXe siècle qu'on prendra conscience de l'efficacité rythmique de la coupe lyrique. En poésie française, le ton est ascendant : la baisse, située à la coupe, est escamotée. La coupe lyrique est la seule manière de faire entendre réellement le passage d'un temps fort à un temps faible et de contrarier la prononciation normale. D'où la prédilection de Mallarmé pour ce type de coupe, comme le prouvent ces e atones avant ponctuation forte :

> La tienne si toujours le délice ! / la tienne ...
> Sur les crédences, au salon vide : / nul ptyx ...

8.2 Le contre-accent

L'autre façon, encore plus radicale, de faire sentir l'alternance temps fort/temps faible est de la supprimer provisoirement, en faisant se succéder deux ou plusieurs syllabes accentuées : ces moments où la voix s'apesantit ont une très forte valeur sémantique. Les accents qui précèdent l'accent terminal ont été appelés des *contre-accents.*

Ex. : Beauté, mon beau souci, de qui l'âme incertaine
A comme l'Océan, son flux et son reflux,
Pensez de vous résoudre à soulager ma peine,
Ou je me vais résoudre à ne le souffrir plus.

(Malherbe, « Dessein de quitter une dame qui ne le contentait que de promesses »)

Ce quatrain de Malherbe, invitation amoureuse mêlée de menace, n'a rien d'original ; mais le premier hémistiche, entièrement accentué, est d'une extraordinaire densité rythmique et sémantique :

´ ´´ ´ ´´ ´´´ ´´´´
Beauté, / mon beau souci //
1 2 3 4 5 6

(N.B. : le contre-accent est symbolisé par la ligature ⌒ et le nombre croissant d'accents.)

Les syllabes 2 et 6 sont normalement accentuées, en fin de groupe syntaxique ou d'hémistiche. La première doit l'être, puisqu'il s'agit d'une apostrophe, qui ne sera grammaticalement détectable qu'au vers 3. Le possessif « mon », qui introduit l'autre protagoniste amoureux et l'énonciateur, l'est évidemment. La cinquième syllabe allitère avec la sixième (« souci ») ; le mot lui-même est riche de sens, puisqu'il signifie à la fois le soin que l'on prend à faire quelque chose (ici, « aimer ») et l'ennui qui en résulte : cette ambiguïté donne la clé du poème. Enfin, « beau » est accentué pour trois raisons :

1. reprise de la première syllabe

2. lien sémantique avec « mon » (mon = Malherbe ; beau = la femme aimée)

3. rapport oxymorique avec « souci ».

9. Poésie métrique/poésie rythmique

Récapitulons : il y a bien, pour parler de la poésie, le langage de la métrique et celui du rythme. celui-ci a paru après celui-là, mais il s'y est ajouté plutôt qu'il ne l'a remplacé. En revanche, l'observation des faits amène à constater la présence, aujourd'hui, de deux conceptions de la poésie : une poésie métrique où la mesure syllabique demeure le matériau essentiel, et une poésie rythmique qui s'est débarrassée du mètre. Dans le cadre de cette dernière, le rythme se comprend de deux manières distinctes : soit il désigne la structuration du texte en groupes accentuels que la stylistique se charge de déceler, soit il s'identifie à la poésie conçue comme *parole signifiante.*

4

PHONÉTIQUE ET POÉTIQUE

L'étude des sonorités a conduit, bien souvent, à affirmations péremptoires et condamnations définitives. La valeur sémantique du phonème a été jugée faible, voire négligeable ; pour certains, tout travail interprétatif fondé sur lui est absurde, et résulte d'un idéalisme naïf à propos duquel on cite, encore et toujours, le *Cratyle* de Platon ; enfin, pour la plupart, une bonne connaissance de l'alphabet phonétique international, qui permet de translittérer en un code commode tout énoncé linguistique, tient lieu d'outillage conceptuel.

La vérité est que la langue que nous parlons est à la fois trop familière et trop étrangère pour que nous puissions l'analyser clairement. Apprise dès les premières années de la vie, elle fait tellement corps avec nous que vouloir la mettre à distance pour mieux la connaître paraît comique.

MAÎTRE DE PHILOSOPHIE - Il y a cinq voyelles ou voix : A, E, I, O, U.
MONSIEUR JOURDAIN - J'entends tout cela.
MAÎTRE DE PHILOSOPHIE - La voix A se forme en rapprochant la mâchoire d'en bas de celle d'en haut : A, E.
MONSIEUR JOURDAIN - A, E, A, E. Ma foi ! oui. Ah ! que cela est beau !
MAÎTRE DE PHILOSOPHIE - Et la voix I en rapprochant davantage les mâchoires l'une de l'autre, et écartant les deux coins de la bouche vers les oreilles : A, E, I.
MONSIEUR JOURDAIN - A, E, I, I, I, I. Cela est vrai. Vive la science !

(Molière, *Le Bourgeois gentilhomme,* II, 4)

Pourtant, la plupart des locuteurs d'une langue n'en perçoivent que la valeur d'usage ; ils savent seulement comprendre et être compris, sans jamais écouter les sons ni en sentir la formation dans la gorge, la bouche et le nez : étrangers à leur langue maternelle, ils sont pareils à ces sourds et muets qui, à force d'efforts, parviennent à émettre des sons approximatifs dont ils ne jouiront jamais à l'oreille — mais encore ceux-ci ont-ils, en compensation, une très forte conscience du processus articulatoire.

En effet, le vrai problème est celui de la perception : la phonétique permet aujourd'hui de décomposer le son en ses différents harmoniques, de calculer sa hauteur ou son intensité, de suivre le trajet de l'air expiré à travers les organes de la phonation, etc. Mais que perçoit-on exactement de ces réalités physiques et, en conséquence, quels aspects de la parole interviennent efficacement dans le phénomène poétique ? Jusqu'à quel point le poète maîtrise-t-il sa langue et sa voix ? Devant de telles interrogations, on rêve avec Roman Jakobson de « structures linguistiques subliminales » qui agiraient en poésie à l'insu des auteurs et des lecteurs, en deçà du seuil de la conscience. Avant d'en venir là, il est utile de faire le point sur ce qui semble raisonnable d'affirmer.

1. Les sons français

Les sons se forment au moment de l'expiration (*cf. figure 1*). L'air passe à travers un premier résonateur, le larynx, où sont placées les cordes vocales, qui se rapprochent et vibrent pour les voyelles (d'où leur nom) et certaines consonnes : le souffle circule ensuite à travers le pharynx, cavité placée à l'arrière de la bouche, la cavité buccale proprement dite et, pour certains sons, les fosses nasales et le résonateur labial, constitué par l'espace laissé libre entre les lèvres et les dents. Interviennent aussi, pour l'articulation des phonèmes, d'arrière en avant de la bouche : le voile du palais, le palais, le dos et la pointe de la langue, la zone alvéolaire située entre les dents et le palais, les dents et les lèvres. La voix nécessite donc le fonctionnement d'un très grand nombre d'organes et de muscles, et repose sur des mécanismes infiniment plus complexes que les instruments de musique.

1.1 Les voyelles

Les voyelles (tableau [1a], cf. p. 77) se caractérisent par l'emploi des cordes vocales et par l'ouverture du canal où l'air circule, de la glotte jusqu'à l'extérieur de la bouche. Elles se distinguent entre elles suivant quatre facteurs :

– voyelle orale / voyelle nasale : si l'air passe entièrement par la bouche, la voyelle est orale ; au contraire, si une partie est déviée vers les fosses nasales, elle est dite nasale ;

– voyelle arrondie / voyelle non arrondie : si les lèvres sont arrondies et

éloignées des dents, le son peut résonner dans la cavité labiale et la voyelle est arrondie ; si les lèvres sont tirées vers les oreilles et collées contre les dents, la voyelle est non arrondie ;
– voyelle antérieure / voyelle postérieure : le canal buccal n'est pas fermé, mais il se rétrécit en un point donné de la bouche, par le rapprochement de la langue et du palais. Si ce rétrécissement intervient en avant de la bouche, la voyelle est antérieure, et postérieure dans le cas contraire ;
– voyelle ouverte / voyelle fermée : quels que soient le lieu d'articulation et la position des lèvres, la bouche est plus ou moins ouverte ; on distingue habituellement quatre degrés d'aperture buccale.

Le tableau [1a] distribue d'après ces quatre critères les 16 voyelles du français. Il faut le pratiquer et l'expérimenter sans craindre le ridicule de M. Jourdain : on prend alors conscience de la nature physique et articulatoire du son, et de ce fait bien connu des linguistes, que le phonème n'est pas l'unité minimale de la langue, mais un « faisceau d'éléments différentiels » (Jakobson). Cette découverte est essentielle à l'analyse des textes poétiques, comme on le constatera dans les pages qui suivent.
Enfin, d'un point de vue acoustique, les voyelles se différencient d'après leur timbre (grave ou aigu), c'est-à-dire leur fréquence de résonance :

aigu ◄——————————————————► grave

/i/		/y/		/u/
/e/		/ø/		/o/
/ɛ/		/œ/		/ɔ/
	/a/		/ɑ/	

1.2 Les consonnes

Pour la consonne (tableau [1b], cf. p. 77), le passage de l'air à travers les organes phonatoires est considérablement rétréci, voire provisoirement fermé : la consonne, qui sert de point d'appui à l'articulation vocalique, joue pour le rythme un rôle déterminant. Mais, pour une même consonne, le degré de fermeture du canal buccal varie suivant le contexte ou le locuteur.

Ex. : – Je pars demain.
– Demain ? Déjà ?

Il est évident que les deux /d/ de la réplique sont beaucoup plus articulés que celui du premier « demain ». Par ailleurs, chacun a pu observer que le même vers change de tonalité selon que l'on comprime plus ou moins l'air pour l'articulation des consonnes.

Ex. : Il pleure dans mon cœur
Comme il pleut sur la ville ... (Verlaine, « Ariettes oubliées », III)

D'après le contexte et ce que l'on sait de Verlaine, le premier vers est généralement lu avec beaucoup de douceur ; mais on aurait autant de bonnes raisons de faire violemment entendre les occlusives /p/ et /k/ et la vibrante /ʀ/ : la prononciation d'une consonne est beaucoup plus variable que celle d'une voyelle, d'où les difficultés d'interprétation que rencontre le commentateur de textes poétiques.

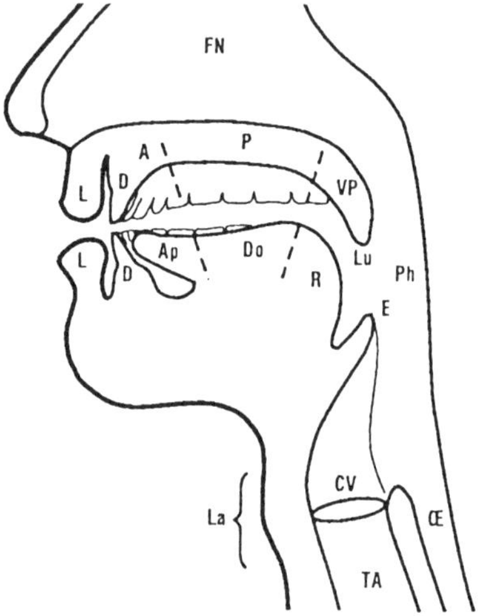

Figure 1. Organes de la parole et points d'articulation

L	Lèvres	labiales	Do	Dos de la langue	dorsales
D	Dents	dentales	R	Racine de la langue	
A	Alvéoles des dents	alvéolaires	Ph	Pharynx	pharyngales
P	Palais	palatales	La	Larynx	laryngales
		prépalatales	CV	Cordes vocales (glotte)	glottales
		postpalatales			voisées, sonores
		rétroflexes	FN	Fosses nasales	nasales
VP	Voile du palais	vélaires	E	Épiglotte	
Lu	Luette (latin : *uvula*)	uvulaires	TA	Trachée-Artère	
Ap	Apex (pointe de la langue)	apicales	Œ	Œsophage	

TABLEAU [1a] DES 16 VOYELLES DU FRANÇAIS D'APRÈS LEUR POINT D'ARTICULATION

	ANTÉRIEURES	MÉDIANES	POSTÉRIEURES
	non ARRONDIES	ARRONDIES	
Orales (fermé / ouvert)	/i/ (lit) /e/ (dé) /ɛ/ (fait) /a/ (salle)	/y/ (vu) /ø/ (feu) /ə/ (mener) /œ/ (seul)	/u/ (fou) /o/ (b*eau*) /ɔ/ (note) /ɑ/ (bas, pâle)
Nasales	/ɛ̃/ (f*aim*)	/œ̃/ (br*un*)	/ɔ̃/ (b*on*) /ɑ̃/ (bl*anc*)

TABLEAU [1b] DES CONSONNES D'APRÈS LEUR MODE D'ARTICULATION ET LEUR LIEU D'ARTICULATION

MODE D'ARTICULATION		LIEU D'ARTICULATION:	bilabiales	labiodentale	dentales	alvéolaires	palatales	vélaires
	Occlusives	Orales	/p/ /b/[1]		/t/ /d/			/k/ /g/
	Occlusives	Nasales	/m/		/n/		ɲ (vi*gn*e)	
	Constrictives	Médianes		/f/ /v/	/s/ /z/ (o*s*e)	/ʃ/ (*ch*ou) /ʒ/ (*j*oue)	/j/ (*y*eux) (œ*il*)	
	Constrictives	Latérales				/l/ (*l*as)		
	Constrictives	Médianes Battements						/R/ /r/[2]
semi-consonnes arrondies			/ɥ/ (h*u*ile) bilabiopalatale /w/ (*ou*i) bilabiovélaire					

[1] : /sourde/ /sonore/ [2] : prononciation roulée inusitée en français

NB : Ces tableaux sont extraits de l'ouvrage de Jean Jaffré, *Le Vers et le poème*, Nathan, 1984.

Cette réserve faite, les consonnes se définissent suivant cinq critères :
– si l'air est comprimé sans être interrompu, la consonne est constrictive ; sinon, elle est occlusive ;
– la plupart des consonnes sont orales, à l'exception de trois occlusives nasales ;
– selon que les cordes vocales interviennent ou non, on dit des consonnes qu'elles sont sonores (ou voisées) ou sourdes (ou non voisées) ;
– les consonnes doivent leurs noms aux organes qui servent à fermer le canal buccal :
• les deux lèvres : bilabiales
• lèvre inférieure et dents supérieures : labiodentales
• langue et dents : dentales
• langue et zone alvéolaire : alvéolaires
• langue et palais : palatales
• langue et voile du palais : vélaires
– les constrictives se subdivisent en trois catégories, selon que l'air s'échappe en provoquant un frottement (fricatives), en passant sur les côtés de la langue (latérales) ou en produisant une vibration (vibrantes).

2. Les parallélismes phoniques

L'analyse du matériau phonique d'un poème obéit généralement au principe d'équivalence, tel qu'il a été défini par R. Jakobson : « la fonction poétique projette le principe d'équivalence de l'axe de la sélection sur l'axe de la combinaison » (*Essais de linguistique générale*, I, 1963). Expliquons.

Un énoncé linguistique peut se représenter comme la combinaison d'éléments dont chacun est choisi dans un ensemble d'unités équivalentes.

Ex. : Le chat dévore la souris.

Ces cinq mots se combinent suivant un axe horizontal dit *axe syntagmatique*. On pourrait dire aussi :

chat
chien
renard
Le train dévore la souris.

L'axe vertical représente les éléments équivalents, capables de permu-

ter sans transformer le schéma syntagmatique : c'est l'*axe* ou la *classe paradigmatique*. Les équivalences sont de nature différente : (chat, chien, renard, train) est un ensemble de substantifs masculins singuliers.
(chat, chien, renard) est un ensemble fondé sur des équivalences grammaticale et sémantique (sème « animal »).
(chat, chien) est un ensemble fondé sur des équivalences grammaticale, sémantique et phonique (phonème /ʃ/).

La nature linéaire et la finalité pratique du langage limitent les redondances, mêmes si elles sont inévitables. « Le », « chat » et « souris » portent tous trois la marque grammaticale du singulier, « chat », « dévore » et « souris » le trait sémique de l'animalité. Mais ces répétitions, qui assurent la transmission de l'information, n'ont pas de valeur sémantique ou esthétique particulière. En revanche, en poésie, l'utilisation de ces équivalences projetées de l'axe de la sélection sur l'axe de la combinaison permet d'établir des réseaux de signification qui s'ajoutent au sens littéral, qui repose sur la successivité du discours. En outre, ces équivalences créent des parallélismes, lorsqu'elles apparaissent dans deux énoncés formellement distincts.

Ex. : Le chien dévore le chat.

Il y a un parallélisme phonique entre « le chien » et « le chat », puisque la séquence /ləʃ/ est répétée à l'intérieur du groupe article + substantif.

Les équivalences ne sont pas seulement phoniques, mais aussi morphologiques, syntaxiques, sémantiques. Cependant, les premières ont la particularité de ne pas dépendre des autres. Dans notre dernier exemple, la logique syntagmatique contraint à l'équivalence sémantique (animalité) et grammaticale (marque du singulier) entre le verbe et son sujet ; en revanche, rien, dans la phrase, ne justifie l'équivalence phonique qui unit « chien » et « chat » (/ʃ/) : cette autonomie de la trame sonore est ce qui la rend si difficile à analyser et à interpréter dans un poème.

Pratiquement, le travail consiste à repérer des répétitions de phonèmes, puis à se demander en quoi ces récurrences participent de la structure textuelle. L'étude ne finit donc pas lorsqu'on a repéré la fréquence anormale d'un son, qu'il suffirait de remarquer sans s'y appesantir : elle commence seulement, grâce à ce premier indice. Cette démarche, simple *a priori*, rencontre trois difficultés majeures :

1. Les répétitions de consonnes (*allitérations*) ou de voyelles (*assonances*) sont si nombreuses en poésie que leur signification devient vite problématique.

Ex. : 1. Mon enfant, ma sœur,
2. Songe à la douceur
3. D'aller là-bas vivre ensemble !
4. Aimer à loisir,
5. Aimer et mourir
6. Au pays qui te ressemble !
7. Les soleils mouillés
8. De ces ciels brouillés
9. Pour mon esprit ont les charmes
10. Si mystérieux
11. De tes traîtres yeux,
12. Brillant à travers leurs larmes. [...]

(Baudelaire, « L'Invitation au voyage »)

Il s'agit d'un douzain hétérométrique (557557557557), comportant 68 positions syllabiques. En fait, 11 des 16 voyelles sont représentées :

õ	u	ə
ɑ̃	e	ɛ
a (ou ɑ)*	i	
œ	o	

Leur répartition dans la strophe est la suivante :

õ	ɑ̃	ɑ̃	a	œ		
õ	a	a	u	œ		
a	e	ɑ	ɑ	i	ɑ̃	ɑ̃
e	e	a	a	i		
e	e	e	u	i		
o	e	i	i	ə	ə	ɑ̃
e	o	ɛ	u	e		
ə	e	ɛ	u	e		
u	õ	ɛ	i	õ	e	a
i	i	e	i	ə		
ə	e	ɛ	ə	ə		
i	ɑ̃	a	a	ɛ	œ	a

À l'issue de ce dépouillement sommaire, on observe que :

*Dans le cas particulier de ce poème, nous confondrons les deux sons dans l'analyse.

– tous les sons sont répétés au moins une fois ;
– sur les 10 voyelles du douzain, 2 seulement ne sont reprises ni à l'intérieur du vers, ni dans le vers qui suit immédiatement ;
– à 12 reprises, le même son revient, dans deux vers consécutifs à la fois, à la même place ;
– à 12 reprises encore, le même son est immédiatement répété, à l'intérieur du vers. Le chiffre douze revient trois fois : 12 vers, 2 × 12 figures allitérantes : mais ne rêvons pas trop sur ces coïncidences arithmétiques.

Nous n'avons pris ici en compte que les voyelles et les parallélismes les plus évidents : on devine à quel degré de complexité combinatoire on parviendra en analysant les répétitions de phonèmes (voyelles et consonnes) groupés en série à l'intérieur de chaque strophe, puis dans la totalité de « L'Invitation au voyage » (trois strophes et un refrain). Mais ce travail aboutirait à une masse de données insignifiantes. Dans ce domaine comme dans tous ceux qui touchent à l'analyse des textes littéraires, le flair – ce mélange d'intuition et d'expérience – doit guider la curiosité du lecteur pour conduire, dans un second temps seulement, à des enquêtes systématiques. Dernier conseil de praticien : malgré le temps passé à des dépouillements longs et pénibles, il ne faut jamais hésiter, quoi qu'il en coûte, à abandonner une piste infructueuse.

2. Souvent, il importe moins de noter la répétition des phonèmes eux-mêmes que les éléments différentiels qui les composent. Reprenons les deux premiers vers de Baudelaire :

Mon enfant, / ma sœur,
Songe / à la douceur

La première partie des deux vers a, pour voyelles, des postérieures nasales (/õ/ ou /ɑ̃/) ; elle s'oppose à la deuxième partie, où dominent les antérieures orales ouvertes (/a/ ou /œ/). Cette structure contrastive fait entendre nettement la postérieure orale fermée du second vers (le /u/ de « douceur ») qui, par son incongruité, résonne tristement au sein du rêve idyllique qu'imagine le poète. On en trouve la confirmation dans le deuxième groupe de pentasyllabes (v. 4-5) :

Aimer à loisir,
Aimer et mourir

L'évident parallélisme entre les deux vers fait ressortir trois différences, qui permettent de préciser l'impression laissée par les deux premiers vers :

– deux différences phoniques :

à (/a/ : antérieure ouverte) → et (/e/ : antérieure fermée)
loisir (/a/ : antérieure ouverte) → mourir (/u/ : postérieure fermée)

– une différence sémantique :
loisir (libre usage du temps) → mourir (fin de toute temporalité)

Mais la sélection des traits distinctifs est loin d'être toujours aussi aisée : là encore, il faut veiller à ce qu'une hypothèse hâtive ne restreigne pas indûment l'éventail des interprétations possibles.

3. On pourrait croire que, dans un vers, tous les sons se valent et qu'il suffit de les compter, comme nous l'avons fait pour le douzain de Baudelaire. Il n'en est rien : l'intensité et la perception d'un phonème prononcé dépendent étroitement de sa place et de sa fonction dans le schéma rythmique, donc des structures métriques et sémantiques du poème. Mais comment mesurer l'impondérable ? Souvent, faute de mieux, on se résigne à traiter à égalité tous les sons : c'est par ce travers que pèchent le plus les analyses phoniques de la poésie.

3. Typologie des effets phoniques

3.1 La valeur expressive des sons

Le débat est ancien : les phonèmes ont-ils, par leurs propriétés acoustiques, la capacité de traduire un sentiment ou une sensation ? Ont-ils un pouvoir de symbolisation, indépendamment du rôle qu'ils jouent dans le système linguistique ? On peut aujourd'hui tenir pour probables les affirmations suivantes :

1. La phonétique expérimentale semble montrer que certains phonèmes (notamment les voyelles) provoquent des associations, auditives ou visuelles, suffisamment stables pour avoir une valeur scientifique. De là l'idée, reprise par Baudelaire, que toutes les sensations seraient unies entre elles par des correspondances synesthésiques :

> Comme de longs échos qui de loin se confondent
> Dans une ténébreuse et profonde unité,
> Vaste comme la nuit et comme la clarté,
> Les parfums, les couleurs et les sons se répondent
>
> (« Correspondances », v. 5.8)

La phonétique historique en fournit des preuves ; le mot latin *murmur* (/murmur/) désignait les voix bruissantes ou grondantes d'une foule ; en français, le sens s'est atténué au point de confiner au chuchotement, sans doute sous l'influence de la prononciation (/u/ est devenu /y/).

2. Le nom « murmure », de nature onomatopéique, fait exception dans le lexique d'une langue. Dans la quasi-totalité des cas, le sens d'un mot n'a rien à voir avec la force d'évocation des phonèmes qui le composent. Comme l'observait Mallarmé, « jour » (/ʒur/) est aussi sombre que « nuit » (/nɥi/) est clair, mais leur signification oblitère tout ce qui pourrait la contredire.

3. La vertu expressive d'un son n'a d'efficacité dans un poème que si elle est « réactivée » par la signification d'un texte et soulignée par un grand nombre d'occurrences. Dans le vers célèbre de Racine :

> Pour qui sont ces serpents qui sifflent sur vos têtes ? (*Andromaque*)

C'est évidemment le verbe « sifflent » qui fait entendre les quatre /s/ comme autant de sifflements.

4. S'il est parfois légitime d'associer à un phonème des équivalents sensoriels, il est beaucoup plus hasardeux de proposer une traduction psychologique de ces quelques observations physiques :

– plus une voyelle est fermée ou nasalisée, moins elle est audible : par exemple /ɛ/ (laid) sonne beaucoup plus fortement que /õ/ (long) ;

– comme en musique, l'opposition vocalique aigu/grave (cf. p. 75) a une évidente utilité expressive.

3.2 La valeur rythmique*

Le cas le plus simple est la rime, dont la fonction est essentiellement métrique. Les récurrences de phonèmes, plus généralement, servent à souligner l'architecture rythmique du poème. Voici les figures de base :

– encadrement du vers :

> Prévoir que, vous aussi, sur ma tête qui ploie (Hugo, « À Villequier »)
> /p/ /wa/ /p/ /wa/
> Sans cesse à mes côtés s'agite le démon (Baudelaire, « La Destruction »)
> /ɑ̃/ /õ/ : nasales

* Ou prosodique, suivant certaines terminologies.

– accompagnement du rythme :

Sur ton ventr(e)/orgueilleux//dans(e)/amoureusement
(Baudelaire, « Hymne à la beauté »)

(le rythme dominant est souligné par les finales en /ɑ̃/ ; mais les /ø/ d'« orgueilleux » conduisent à accentuer légèrement celui d'« amoureusement ») ;

– opposition entre deux séquences métriques :

Il faut *que* le *cœu*r / le plus *tris*t*e* cè*d*e (Verlaine, *La bonne chanson,* XXI)

(2 occlusives vélaires + 2 voyelles arrondies ≠
3 occlusives dentales + 2 voyelles non arrondies) ;

– chiasme phonique (symétrie) :

Lors vous n'aurez servante, oyant telle nouvelle…
/v/ /u/ /n/ /n/ /u/ /v/
(Ronsard, *Sonnets pour Hélène,* II, 43)

Dans chacun de ces cas, il est possible de s'interroger, dans un second temps, sur la nature propre de chacun des phonèmes ; mais la répétition, qui fonctionne comme un signal rythmique, a en elle-même un rôle poétique.

3.3 La valeur sémantique

Quel que soit le caractère expressif du phonème, la répétition conduit naturellement à rapprocher les mots qui le contiennent, à établir entre eux des rapports de ressemblance ou d'opposition, et à accroître le pouvoir signifiant du poème.

Ex. : Rappelez-vous l'objet que nous vîmes, mon âme,
Ce beau matin d'été si doux :
Au détour d'un sentier une charogne infâme
Sur un lit semé de cailloux, […] (Baudelaire, « Une Charogne »)

Phonétiquement, « âme » et « infâme » s'opposent à « doux » et « cailloux » ; or, sémantiquement, « âme » et « doux » (euphorie) répondent à « infâme » et « cailloux » (dysphorie). L'étude de toutes les rimes d'un poème, surtout si elle s'appuie sur les éléments différentiels (antérieur/postérieur, ouvert/fermé, arrondi/non arrondi) aboutit souvent à des résultats convaincants : elle constitue à ce titre un bon point de départ, à condition d'étendre l'analyse au reste du texte.

À l'intérieur des vers, allitérations et assonances tissent des réseaux lexicaux subtils. En 1929, le théoricien A. Trannoy (*La Musique du vers*) en donne un bon exemple, encombré d'un déterminisme simpliste :

« Un pêcheur de corail vogue en sa coraline,
Frêle planche que lèche et mord la mer féline,
Des caps de Corse aux rocs orageux de Corfou (Victor Hugo)

Le mot générateur est au premier vers "corail", d'où procèdent : au même vers "coraline" et, au troisième, "Corse" et "Corfou". Puis "Corse" engendre "cap" (transition : le cap Corse) et "roc" semble issu de "caps" pour l'idée, de "cor" (interverti) pour le son ; enfin "aux rocs" engendre "orageux". Au second vers, "lèche" et "mord" s'accordent pour l'idée avec "féline", mais, pour le son, "lèche" rappelle à la fois "frêle", "pêcheur" et "planche", et "mord" est appelé par "mer". »

4. Plaisirs de bouche

Tous les procédés que nous venons d'énumérer sont les seuls applicables de manière sûre, mais leur efficacité opératoire ne démontre pas leur pertinence. Ne serait-ce que sous la forme de tacites remords, on se gardera d'oublier les soupçons que suscite une étude phonique de la poésie.

4.1 Plaisir poétique et plaisir musculaire

L'expression est empruntée au phonéticien André Spire, qui voulait souligner la nature physique et articulatoire du plaisir procuré par la diction poétique : « [ce plaisir], c'est aussi les mouvements d'une poitrine, d'une glotte dont ils naissent, et de toutes les cavités musculaires, cartilagineuses, osseuses où ils se moulent, s'amplifient » (*Plaisir poétique et plaisir musculaire,* Corti, 1949). La tradition jakobsonienne, suivie par la plupart des linguistes qui s'occupent de poésie, a occulté cette dimension articulatoire de la parole : « Quand je parle, c'est afin qu'on m'entende. Des deux aspects du son, c'est donc l'aspect acoustique qui présente avant tout une valeur intersubjective, sociale, tandis que le phénomène moteur, autrement dit le travail de l'appareil vocal, est simplement une condition physiologique du phénomène acoustique » (*Six leçons sur le son et le sens,* 1976).

Mais ce qui est vrai du langage courant l'est-il de la poésie ? Rien ne prouve cela ni, d'ailleurs, son contraire.

4.2 Le flot verbal

La parole n'est pas, comme le laissent suggérer les transcriptions phonétiques, une succession de phonèmes isolés, mais l'écoulement continu du souffle, modulé dans la gorge et la bouche et seulement interrompu au moment des pauses. Les sons se mélangent et interagissent entre eux ; au regard de la masse vivante et mouvante qu'est la voix, la recherche de récurrences phoniques reste extraordinairement rudimentaire.

4.3 L'un et le multiple

Le principe de récurrence est-il d'ailleurs si essentiel au phénomène littéraire ? Le poéticien Tzvetan Todorov en doute, et critique l'importance que Jakobson accorde au « principe de ressemblance, qui gouverne l'enchaînement des séquences phoniques (autrement dit la répétition) » : « Et si le texte poétique n'était pas cohérent, harmonieux, unifié et répétitif ? Et si la relation entre les parties était tout autre ? Non seulement une ressemblance imparfaite, pimentée de différences ou même de contrastes, mais tout simplement autre ? » (*Les Genres du discours,* 1978).

Si un poète, comme il pourrait le faire d'une image ou d'une idée, n'utilisait qu'une seule fois le son qui serait essentiel à ses yeux, mais indétectable pour tout lecteur ? Chez Baudelaire, la finale -ique, relativement rare, se trouve à la rime dans un sonnet sur cinq des *Fleurs du mal :* que signifiait, pour le poète, cette voyelle stridente suivie de la consonne gutturale ?

Parfois, la rareté fait indubitablement sens aussi bien que le nombre, comme dans les figures anagrammatiques. L'anagramme, *stricto sensu,* est un mot obtenu par la transposition des lettres d'un autre mot : *rude* est l'anagramme de *dure*. Cependant, on peut entendre par anagramme *la dissémination, dans un texte, des lettres d'un mot que le lecteur doit recomposer* (on parle aussi plus justement de paragramme). Celui-ci s'appuie alors sur son intuition personnelle, qu'aucune preuve convaincante ne viendra jamais corroborer.

5

IMAGES ET SYMBOLES

Le terme d'image est flou et galvaudé, mais inévitable. Si chaque personne ou chaque chose avait son nom singulier, la propriété des termes serait totale : on n'aurait pas besoin d'image, mais le vocabulaire serait infini. Dès lors qu'il est nécessaire de rassembler une collection d'éléments, distincts dans la réalité, sous un vocable unique, commence un processus analogique d'où naît l'image. Celle-ci résulte donc de l'écart entre la multitude des faits perçus et le lexique limité qui permet d'en rendre compte. En particulier, on désigne sous le nom de *catachrèse* l'emploi d'une image lorsque manque le terme propre ; par exemple, la feuille de papier ou de métal renvoie métaphoriquement à la feuille d'arbre. D'ailleurs, la catachrèse est à ce point entrée dans le langage courant qu'elle n'est généralement plus perçue comme telle.

Si la littérature a reçu du langage l'image, elle l'a soumise à un traitement spécifique et lui a redonné son pouvoir originel. L'image littéraire ne permet pas seulement de communiquer commodément, au prix de quelques approximations, mais de dire mieux, de désigner son référent avec plus de pertinence : elle a partie liée avec l'activité symbolique.

Bien sûr, dans le cadre d'une œuvre donnée, les images font système, et l'étude de leur organisation permet d'accéder à la structure profonde du psychisme de l'auteur, conçue en termes psychanalytiques ou non. Mais cette approche, qui intéresse davantage la genèse des œuvres, suppose la connaissance des aspects formels et linguistiques de l'image. Pour l'acquérir, le lecteur peut s'appuyer sur deux savoirs, la sémantique et la rhétorique. Sans s'attarder sur leurs bases théoriques ou idéologiques, les pages qui viennent s'efforceront d'en rappeler les notions élémentaires.

1. Sémantique et poésie

1.1 L'étude des champs lexicaux

La sémantique est la science linguistique qui s'occupe de la signification des mots ; elle procède suivant une méthode taxinomique, classant les unités lexicales par affinités de sens. À partir d'un corpus donné (le lexique d'une langue, d'une époque, d'un auteur, d'un texte, etc.), elle délimite des sous-ensembles de termes appartenant à un même *registre* de significations : ces sous-ensembles sont aussi appelés des *champs lexicaux*. Leur mise au jour sert, dans une analyse textuelle, à faire apparaître des significations implicites d'une grande portée poétique.

Ex. : Peler une pomme de terre bouillie de bonne qualité est un plaisir de choix.

Entre le gras du pouce et la pointe du couteau tenu par les autres doigts de la même main, l'on saisit – après l'avoir incisé – par l'une de ses lèvres ce rêche et fin papier que l'on tire à soi pour le détacher de la chair appétissante du tubercule.

L'opération facile laisse, quand on a réussi à la parfaire sans s'y reprendre à trop de fois, une impression de satisfaction indicible.

Le léger bruit que font les tissus en se décollant est doux à l'oreille, et la découverte de la pulpe comestible réjouissante.

Il semble, à reconnaître la perfection du fruit nu, sa différence, sa ressemblance, sa surprise – et la facilité de l'opération – que l'on ait accompli là quelque chose de juste, dès longtemps prévu et souhaité par la nature, que l'on a eu toujours le mérite d'exaucer.

C'est pourquoi je n'en dirai pas plus, au risque de sembler me satisfaire d'un ouvrage trop simple. Il ne me fallait – en quelques phrases sans effort – que déshabiller mon sujet, en en contournant strictement la forme : la laissant intacte mais polie, brillante et toute prête à subir comme à procurer les délices de sa consommation.

(Francis Ponge, « La Pomme de terre »)

Dans cette description, on repère sans peine le champ lexical de la sexualité : « plaisir », « une de ses lèvres », « chair appétissante », « tissus », « pulpe », « fruit nu », « facilité de l'opération », « déshabiller », « subir »,

« délices de la consommation ». Les pommes de terre s'abandonnent à leurs sadiques consommateurs avec d'autant plus de facilité qu'elles viennent d'être secoué(es) de soubresauts au moment de la cuisson : « Elles s'en trouvent profondément modifiées (j'allais écrire s'entr'ouvrent). »

Le poème développe dans le récit de l'épluchage l'ambiguïté de l'expression « pomme de terre » : la terre est à la pomme, symbole biblique de la tentation charnelle, ce que la peau d'âne figure pour la princesse du conte ; elle dissimule la beauté mais excite la convoitise. D'autre part, cette sexualisation du réel, grâce à l'entremise de l'écriture poétique, apparaît en effet comme une constante de l'esthétique pongienne.

Mais sur quoi fonder la délimitation des champs lexicaux et comment s'assurer de leur pertinence ? La notion de champ lexical, qu'on utilisera avec profit pour conforter une impression de lecture, n'offre pas une méthode de validation satisfaisante.

1.2 La sémantique structurale : analyse sémique et isotopies

La sémantique structurale tente de combler cette lacune : comme la phonologie de Jakobson, elle postule que l'ensemble des signifiés d'une langue forme un système, dont chaque élément est caractérisable par la réunion de traits distinctifs de la signification : il convient de décomposer le sens d'un mot (*sémème*) en unités minimales (*sèmes*) dont l'assemblage par définition polysémique constitue le sémème. Selon l'exemple proposé par A.J. Greimas (*Sémantique structurale*, 1986, 2e éd.), le couple prendre/tenir s'analyse ainsi :

prendre = solidité + dynamique + inchoativité (commencement)
tenir = solidité + statique + durativité (durée)

Si les verbes prendre et tenir se trouvaient à l'intérieur d'un même texte, il y aurait récurrence du sème /solidité/, autrement dit *isotopie*, ce dernier vocable servant aussi à désigner le sème lui-même. Le poème de Ponge, qui développe parallèlement deux isotopies, /végétalité/ et /animalité (sexualité)/, est *poly-isotopique*. Enfin, le mot qui introduit l'isotopie ou permet de passer d'une isotopie à l'autre est un *connecteur d'isotopie*.

Reste à extraire ces traits distinctifs de signification. Malgré les techniques lourdes qu'il met au point, Greimas reconnaît que « ces procédures risquent de ne refléter que le point de vue subjectif du descripteur ». Subjective ou non, cette démarche théorique donne les moyens d'expliquer avec précision les phénomènes d'imbrication et de hiérarchisation des sens, observables dans tout texte poétique. Peu nous importe, d'ailleurs, la pertinence linguistique de ces méthodes, « si on les considère uniquement comme des instruments provisoires de caractère opérationnel » (Greimas). Opérons donc, à partir d'un poème de Victor Hugo :

Tous les mots à présent planent dans la clarté.
Les écrivains ont mis la langue en liberté,
Et, grâce à ces bandits, grâce à ces terroristes,
Le vrai, chassant l'essaim des pédagogues tristes,
L'imagination, tapageuse aux cent voix,
Qui casse des carreaux dans l'esprit des bourgeois ;
La poésie au front triple, qui rit, soupire
Et chante ; raille et croit ; que Plaute et que Shakespeare
Semaient, l'un sur la plebs et l'autre sur le mob,
Qui verse aux nations la sagesse de Job
Et la raison d'Horace à travers sa démence ;
Qu'enivre de l'azur la frénésie immense,
Et qui, folle sacrée aux regards éclatants,
Monte à l'éternité par les degrés du temps ;
La muse reparaît, nous reprend, nous ramène,
Se remet à pleurer sur la misère humaine,
Frappe et console, va du zénith au nadir,
Et fait sur tous les fronts reluire et resplendir
Son vol, tourbillon, lyre, ouragan d'étincelles,
Et ses millions d'yeux sur ses millions d'ailes.

(Victor Hugo, « Réponse à un acte d'accusation »)

L'un des problèmes du romantisme, et de Victor Hugo en particulier, est de préserver la grandeur et la singularité du verbe poétique, tout en laissant sa place à la polyphonie de la voix populaire née de 1789. Or ce passage crucial de « Réponse à un acte d'accusation » est encadré par quatre termes appartenant au champ lexical du vol : « planent » (v. 1), « essaim » (v. 4), « vol » (v. 19), « ailes » (v. 20). En outre, trois isotopies dominent le texte :

un	≠	multiple
la clarté (v. 1)		tous les mots (v. 1)
la langue (v. 2)		essaim (v. 4)

le vrai (v. 4)	aux cent voix (v. 5)
l'imagination (v. 5)	au front triple (v. 7)
la poésie (v. 7)	l'un … l'autre (v.9)
l'azur (v. 12)	les degrés (v. 14)
la Muse (v. 15)	ses millions d'yeux sur ses millions d'ailes (v. 20)

ascension	≠	descente
monte (v. 14)		semaient (v. 9)
degrés (v. 14)		verse (v. 10)
nous reprend, nous ramène (v. 15)		reparaît (v. 15)
		du zénith au nadir (v. 17)

N.B. : Il conviendrait d'ajouter ici le terme neutre du mouvement horizontal (planent, tourbillon)

haut	≠	bas
planent (v. 1)		
front (v. 7)		
l'azur (v. 12)		
fronts (v. 16)		
zénith (v. 17)		nadir (v. 17)

L'analyse de ces isotopies montre que le poème est construit sur l'alternance à laquelle est confronté l'écrivain romantique : écartelé entre son idéal d'unité et sa volonté de pluralité, sa seule issue est de penser la poésie comme une multitude infinie (d'oiseaux), où le nombre devient indénombrable, et comme réunifiée ; hésitant aussi entre le progrès de l'histoire que dénote le mouvement ascensionnel et la beauté éternelle de la poésie, qui ne doit pas oublier de regarder vers le peuple (mouvement descendant), il est amené à concevoir le compromis du tournoiement horizontal dont la circularité atténue la perception des axes spatiaux. Mais ce compromis est partiel et inachevé. La sur-représentation du haut dans le couple isotopique haut/bas marque la préférence du poète ; encore le nadir, point symétrique du nadir par rapport au centre de la terre, est-il un haut inversé plutôt que le bas, qui correspondrait avec le niveau du sol : l'oiseau monte et descend, mais il ne se pose pas (cf. « L'Albatros » de Baudelaire).

2. La figure : entre rhétorique et poésie

D'après la définition qu'en propose le traité de Pierre Fontanier (*Les Figures du discours,* 1827), un énoncé recourt au langage figuré lorsqu'il « s'éloigne plus ou moins de ce qui en eût été l'expression simple et commune ». Cette notion, héritée de la rhétorique, a partagé les vicissitudes de cet art antique du discours ; les réserves qu'elle suscite ne manquent d'ailleurs pas de justesse :

1. La figure suppose l'existence d'une norme linguistique avec laquelle elle serait en infraction. Mais où commence l'anormal, donc la figuration ?

2. Dans sa conception classique, la figure n'est pas censée modifier le sens du discours, mais seulement le mettre en valeur. Cette dissociation du fond et de la forme est aujourd'hui irrecevable.

3. Le vocabulaire minutieux de la rhétorique, qui donne un nom à chaque fait d'écriture, engendre une illusion nominaliste, laissant peut-être croire que la littérature n'est rien d'autre qu'une collection de procédés reproductibles.

En fait, il va de soi que la figure est, non une tournure figée, mais un acte de signification, et que son nom importe moins que ce dont elle est l'indice, le travail du sens dans le langage et par l'écriture. L'énumération qui suit, nullement exhaustive, n'a d'autre ambition que de proposer quelques illustrations de ce travail.

2.1 Les figures du signifiant

Le signifiant, phonique ou graphique, comporte un élément figural chaque fois qu'il est doté d'une valeur expressive ou sémantique propre. Les figures du signifiant englobent d'une part les effets rythmiques et phoniques (rimes, allitérations, assonances, etc.) d'autre part les procédés comiques dont use avec prédilection la poésie moderne (calembours, à peu près : cf. p. 115).

2.2 Les tropes

Les tropes, considérés par certains comme les figures majeures de la littérature, portent sur le sens des mots, qui sont alors employés, suivant la terminologie traditionnelle, de manière figurée. On distingue en particulier :

La métaphore
Elle consiste à assimiler deux choses suivant un rapport de ressemblances quelconque. Elle suppose que les deux réalités ainsi rapprochées ont un ou plusieurs sèmes en commun, que leur intersection sémantique n'est pas nulle. Ex. : Cet homme est un lion.

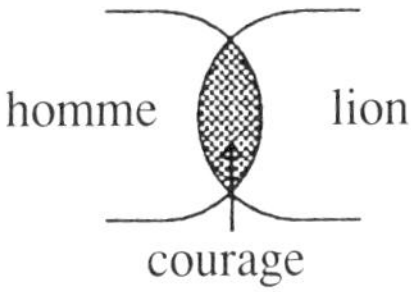

Les deux éléments comparés peuvent être tous deux nommés, comme ici (métaphore *in praesentia*). Si l'énoncé ne donne que le terme métaphorique (comparant ou phore, par opposition au comparé ou thème), la métaphore est *in absentia* : ce lion (= soldat) a dû pourtant battre en retraite.

La métonymie
Une chose est substituée à une autre, suivant un rapport de contiguïté ou de dépendance qui existe dans la réalité.
Ex. : la croix, pour la religion chrétienne, le cœur pour le courage.

La synecdoque
Une chose est substituée à une autre, suivant un rapport d'inclusion (le tout sert à désigner la partie, ou le tout la partie).
Ex. : la voile pour le bateau ; les mortels pour les hommes.

L'antiphrase ironique
Un mot est employé avec le sens de son contraire.
Ex. : Ah ! mon Dieu, que je suis contente de vous voir !

(Molière, *Le Misanthrope*, III, 4 ;
Célimène s'adresse à son ennemie.)

2.3 Les figures de construction

D'après Fontanier, elles « consistent dans la manière dont les mots sont combinés et disposés dans la phrase ».

L'ellipse
Elle supprime un ou plusieurs mots sans empêcher la compréhension de l'énoncé.
Ex. : *D'un château l'autre* (Céline)

L'anacoluthe
C'est une rupture de construction, donc une faute de grammaire à visée stylistique.

Ex. : Le nez de Cléopâtre, s'il eût été plus court, la face du monde aurait changé.
(Pascal)

Le zeugma
Il réunit deux ou plusieurs membres de phrase grâce à un élément commun qui n'est pas répété ; il a valeur figurale lorsqu'il aboutit à une aberration sémantique.

Ex. : Vêtu de probité candide et de lin blanc. (Hugo, « Booz endormi »)

L'asyndète, la parataxe
L'asyndète juxtapose sans les coordonner des groupes syntaxiques de même statut ; la parataxe supprime les marques grammaticales de la subordination. Les deux figures disloquent l'armature logique de la phrase.

Ex. : « Les dieux existent : c'est le diable. J'aimais la vie ; elle me déteste ; j'en meurs. Je ne vous conseille pas d'imiter mes rêves. La mort y corne des cartes, y jette du linge sale, y couvre les murs de signatures illisibles, de dessins dégoûtants. Le lendemain, je suis le personnage à clef d'une histoire étonnante qui se passe au ciel ». (Cocteau, « Oh ! là ! là ! »)

L'accumulation (ou la conglobation)
Elle suspend le déroulement du discours pour amasser une suite de syntagmes équivalents : elle peut donner lieu à de gigantesques énumérations où s'exercent l'imagination et les aptitudes ludiques du poète :

Ex. : Jeanne Jeannette Ninette nini ninon nichon
Mimi mamour ma poupoule mon Pérou
Dodo dondon
Carotte ma crotte
Chouchou p'tit cœur
Cocotte
Chérie p'tite chèvre
Mon p'tit-péché mignon
Concon
Coucou
Elle dort
(Blaise Cendrars, « Prose du Transsibérien et de la petite Jeanne de France »)

2.4 Paradigme et syntagme

Par analogie avec la linguistique, il est tentant de situer les tropes sur l'axe paradigmatique (axe de sélection), les figures de construction sur l'axe syntagmatique (axe de combinaison), mais la réalisation du trope dépend de son contexte syntagmatique.

Ex. : Cet homme est un lion.

La coprésence d'homme et de lion réactive l'équivalence culturelle lion = courage. Il en va de même dans une métaphore *in absentia.*

Ex. : Le lion bat sa femme.

La comparaison (homme = lion) se déduit de la relation sujet/prédicat (verbe + complément) qui unit les deux syntagmes /le lion/ et /bat sa femme/ ; celle-ci révèle en outre que la métaphore est antiphrastique : la violence conjugale s'oppose, d'un point de vue axiomatique, au courage du lion. La perception et l'interprétation du trope sont inséparables de l'observation des réseaux isotopiques présents à la surface du texte. À la limite – celle qu'atteint l'image surréaliste –, la liaison syntaxique tient lieu de lien métaphorique : « les mots groupés finissent par signifier quelque chose » (Aragon), que cette cohérence vienne, en amont, de l'auteur, ou, en aval, du lecteur.

Ex. : (A) La terre est bleue comme une orange
(B) Jamais les mots ne mentent (Éluard, *Premièrement,* VII)

Ces vers ne sont pas, comme on l'a souvent pensé, une pure fantaisie littéraire. (A) peut sans difficulté se comprendre ainsi :

(C) La terre est aussi bleue qu'une orange est bleue

On sait qu'une orange bleuit lorsqu'elle pourrit. Éluard s'en prendrait, dans ce poème publié dans l'entre-deux-guerres, à la dégradation du monde. La contradiction des connotations est ironique : le bleu de la terre renvoie à la pureté des eaux maritimes, celui de l'orange à la putréfaction. La logique syntaxique admet une deuxième interprétation :

(D) La terre n'est pas plus bleue qu'une orange

La terre n'est pas bleue, mais marron : la valeur du comparatif d'égalité, qu'on croyait intensive, se révèle restrictive. En quelque sorte, le texte prévient l'erreur que le lecteur ne manque pas de commettre ; voyant comparer la terre à une orange, celui-ci pense immédiatement au globe terrestre, non à la terre proprement dite. Ce déplacement métonymique est *a priori* illégitime, puisque c'est la couleur de la terre (non sa sphéricité) qui constitue l'élément de comparaison. Éluard rétablit une vérité qu'une lecture trop rapide avait fait oublier.

En revanche, si la terre est marron, la mer, elle, est bleue ; (A) se lit aussi :

(E) La terre est liquide comme une orange

Or le deuxième point commun entre la planète terre et l'orange est, après la forme, l'écorce. En admettant que la terre est liquide comme une orange, le vrai liquide n'est pas la mer, mais le jus que recouvre l'écorce, à savoir le feu, liquide et orangé, de la terre en fusion. (A) équivaudrait finalement à :

(F) La terre est orange comme une orange

Bleu est orange : véridique paralogisme, puisque « Jamais les mots ne mentent ».

Résumons : syntagme et paradigme interagissent constamment. D'ailleurs, certains procédés appartiennent à une espèce mixte, réunissant le trope et la figure de construction :

L'oxymore

L'oxymore met en relation syntaxique deux termes comportant des sèmes contraires.

Ex. : Cette obscure clarté qui tombe des étoiles (Corneille, *Le Cid,* IV, 3)

L'oxymore, comme la métaphore, oblige à trouver le point commun aux deux termes, et traduit la coexistence de contraires dans la réalité (d'où la prédilection des romantiques pour l'oxymore).

L'hypallage

L'hypallage est l'attribution d'une détermination ou d'une qualité à un autre mot que celui auquel, logiquement, il devrait s'appliquer dans la phrase.

Ex. : Le regard bleu de tes yeux tristes
au lieu de : le regard triste de tes yeux bleus

Ici, l'hypallage est d'autant plus nette qu'il y a interversion des deux qualificatifs « triste » et « bleu » ; mais la figure subsisterait dans l'expression :

le regard bleu de tes yeux

Cependant « le regard bleu » devrait s'interpréter comme une métonymie (regard mis pour yeux) : l'hypallage est la conséquence syntagmatique d'un trope.

2.5 Figure et écart

Le repérage d'une hypallage ne doit évidemment pas aboutir au rétablissement de l'ordre habituel des mots, et l'expression poétique n'est pas la transgression d'une hypothétique normalité linguistique : « Regard bleu » est une image littéraire, « yeux bleus » un cliché publicitaire. De même, la qualité poétique d'une image ne se mesure pas quantitativement à la distorsion qu'elle opère sur la perception courante du réel, malgré ce que suggère la formule célèbre d'André Breton, *Premier manifeste du surréalisme* : « Pour moi, la plus forte (des images) est celle qui présente le *degré d'arbitraire le plus élevé*, je ne le cache pas ; celle qu'on met le plus longtemps *à traduire en langage pratique* » (souligné par nous). En revanche, il convient de distinguer deux conceptions de l'image poétique :

La conception substitutive
À l'âge classique, l'image doit être pittoresque, peindre avec force et clarté ; pour y parvenir, elle dispose sous un éclairage particulier la caractéristique qu'elle veut mettre en valeur. « Cet homme est un lion » signifie, avec une vigueur remarquable, « cet homme est courageux », et rien d'autre : la notion de courage se substitue entièrement à celle du félin. Autrement dit, le courage constitue l'intersection sémantique d'« homme » et de « félin », et il n'entraîne avec lui aucun des éléments extérieurs à cette intersection (la crinière, les quatre pattes, et surtout pas la paresse !).

La conception associative
À partir des romantiques, les poètes prennent progressivement conscience que l'image ne se résorbe pas totalement à l'issue de l'opération substitutive : l'homme n'est plus seulement courageux ni tout à fait un lion, mais installé dans un entre-deux imaginaire que la figure a instauré dans le discours. L'écart ne se situe pas entre le normal et l'anormal, mais entre les différentes interprétations que le poème lui-même autorise, par le jeu associatif des images. Plus l'écart est grand, plus le lecteur est contraint de participer, par un effort de l'esprit, à ce travail de l'imaginaire : « Le propre de l'image forte est d'être issue du rapprochement spontané de

deux réalités très distantes dont *l'esprit* a saisi les rapports » (Pierre Reverdy, *Le gant de crin*).

Cependant, tout écart, aussi faible soit-il, peut provoquer la même déflagration de sens. Paul Verlaine, dans son *Art poétique*, a défendu cette idée d'écart minimal :

> Il faut aussi que tu n'ailles point
> Choisir tes mots sans quelque méprise :
> Rien de plus cher que la chanson grise
> Où l'indécis au précis se joint.

Comparaison et métaphore

De même, une image n'est pas automatiquement plus poétique parce qu'elle a été moins préparée syntaxiquement.

Ex. :	Cet homme	est courageux	comme	un lion
	thème comparé	*élément de la comparaison prédicat de la comparaison*	*outil de comparaison*	*phore comparant*

Une comparaison complète fait appel à quatre éléments :

– le comparé (ou thème) : le mot (et le référent) auquel la comparaison apporte une caractérisation particulière ;

– le comparant (ou phore) : le mot (et le référent) qui est rapproché du précédent suivant un rapport d'analogie ;

– l'outil de comparaison : le mot (comme, semblable à, paraître…) qui exprime la relation de similitude ;

– l'élément (ou prédicat) de comparaison : la qualité commune au comparant et au comparé ; cette composante de la comparaison est facultative.

Parce que la comparaison est plus explicite, on y voit parfois une métaphore inachevée, incapable de rompre totalement avec les lois de la vraisemblance.

Il n'en est rien *a priori* : une métaphore peut paraître aussi fade et usée qu'une comparaison traditionnelle ; à l'inverse, la comparaison a plus de force expressive que la métaphore lorsqu'elle amène le lecteur à soumettre tour à tour à son regard le comparant et le comparé, pour en épuiser les différences et les analogies. D'autre part, elle souligne l'aberration de l'image en lui conférant la caution de la syntaxe.

Ex. : La baronne prête l'oreille
Cette musique lui plaît
Mais son oreille tombe
Comme une vieille tuile d'un toit

(Prévert, « Riviéra »)

2.6 La tension figurale

Au demeurant, plutôt que d'évaluer l'efficacité des différents procédés rhétoriques dont use la poésie, il importe de comprendre le rôle du figuratif en littérature. Comme l'e atone ou la diérèse, la figure est une marque de l'écriture, un signal avertissant que, dans le texte, s'est instauré un processus de production du sens qui a également besoin des structures formelles du langage et de la disponibilité du lecteur. Le rythme était cette tension de la voix grâce à laquelle le Verbe poétique se détachait de la prose ; par analogie, parlons de *tension figurale* pour désigner la mise en alerte de l'esprit et des sens que provoque la figure.

Trois figures cardinales, matrices de toutes les autres figures, constituent le cadre rhétorique de cette indispensable connivence entre le poème et ses lectures :

L'hypotypose, selon la définition de Fontanier, « peint les choses de manière si vive et si énergique, qu'elle les met en quelque sorte sous les yeux ». On ne peut être plus flou : l'hypotypose n'est pas un maniement déterminé du langage, mais une virtualité que le poème voudrait réaliser. Parce qu'elle présuppose un lien étroit entre la littérature et la perception du réel, elle est, bien injustement, la grande méconnue de la rhétorique contemporaine ;

La syllepse : un même mot est compris « dans deux sens différents, l'un primitif ou censé tel […] et l'autre figuré ou censé tel » (Fontanier). Dans une stricte acception, la syllepse n'est qu'une catégorie de jeux de mots.

Ex. : Brûlé de plus de feux que je n'en allumai (Racine, *Andromaque*)

Mais elle contient en germe toutes les manifestations de la polysémie littéraire ;

L'hyperbate : dans le sens très large que nous lui donnons, l'hyperbate englobe toutes les perturbations de l'ordre normal (attendu) des mots. C'est la figure mallarméenne par excellence :

Tout à coup et comme par jeu
Mademoiselle qui voulûtes
Ouïr se révéler un peu
Le bois de mes diverses flûtes (« Feuillet d'album »)

Ce brouillage syntaxique, qui donne du jeu à l'ordonnancement de la phrase, crée des zones d'indétermination sémantique que l'imagination investit : l'hyperbate est l'équivalent syntagmatique de la syllepse.

6

MOI, JE...

1. Poésie et roman

S'il ne dispose pas d'informations complémentaires, le lecteur qui rencontre une première personne du singulier dans un texte l'identifiera spontanément à l'auteur s'il s'agit d'un poème, à un personnage ou, du moins, à un narrateur fictif dans un roman. Mais si ce premier mouvement est erroné, et démenti par la suite, il découle du contrat implicite qui s'établit entre le poème et son lecteur. Bien sûr, la poésie ne se limite nullement au lyrisme et à l'expression des sentiments personnels du scripteur : dans le genre épique, par exemple, les sujets du récit, pris dans le mouvement de l'histoire ou de la légende, sont toujours des entités collectives (un peuple, une armée, une classe sociale) ou les héros chargés de les représenter et le moi poétique se fond dans la masse des hommes. Mais, que la connaissance de soi apparaisse comme la seule quête de l'auteur, au point de dissoudre toute réalité dans la perception subjective qu'il en a, ou que, au contraire, le texte entreprenne un travail de dépersonnalisation qui lui permet d'accéder à l'universel, la poésie diffère essentiellement de la narration. Dans celle-ci, l'écrivain doit composer, même s'il le fait de moins en moins volontiers au XXe siècle, avec les lois du genre : la pluralité des actants, la constitution d'un univers vraisemblable d'objets et de relations psychologiques, lui-même déterminant la progression calculée de l'intrigue ; le langage qu'il emploie est au service de l'histoire qu'il invente. La poésie inverse l'ordre des dépendances et des valeurs : la diversité du monde extérieur, unifiée dans l'imaginaire poétique, est le matériau d'une expérience littéraire.

1.1 La valeur performative du langage poétique

Au sens strict, le terme de *performatif* s'emploie pour des verbes qui, à la fois, énoncent une action et impliquent sa réalisation. Ainsi la phrase « je t'ordonne de me servir à boire » devrait-elle entraîner, si le locuteur n'a pas préjugé de son autorité, le versement d'une boisson. Mais on parle aussi de valeur performative (ou *illocutoire*) pour un énoncé qui suppose, même implicitement, l'accomplissement d'un acte : « je meurs de soif », selon les circonstances, équivaut à « allons boire », « verse-moi un verre », etc.

Dans la vie courante où « dire, c'est faire » (J. Austin, *Quand dire c'est faire,* 1970), beaucoup d'énoncés sont performatifs. La littérature, elle, n'a pas, en principe, d'application pratique ; tout juste induit-elle indirectement des effets psychologiques (crainte, pitié, joie, etc.) ou idéologiques (adhésion au système de valeurs sur lequel repose le texte), qui s'analysent en terme de fonction impressive ou, toujours d'après la terminologie de J. Austin, de *valeur perlocutoire.* La situation de la poésie est anomique, comme on le verra à partir du poème de Rimbaud « Aube » :

1.2 « AUBE »

J'ai embrassé l'aube d'été.

Rien ne bougeait encore au front des palais. L'eau était morte. Les camps d'ombres ne quittaient pas la route du bois. J'ai marché, réveillant les haleines vives et tièdes, et les pierreries regardèrent, et les ailes se levèrent sans bruit.

La première entreprise fut, dans le sentier déjà empli de frais et blêmes éclats, une fleur qui me dit son nom.

Je ris au wasserfall blond qui s'échevela à travers les sapins : à la cime argentée je reconnus la déesse.

Alors je levai un à un les voiles. Dans l'allée, en agitant les bras. Par la plaine, où je l'ai dénoncée au coq. À la grand'ville elle fuyait parmi les clochers et les dômes, et courant comme un mendiant sur les quais de marbre, je la chassais.

En haut de la route, près d'un bois de lauriers, je l'ai entourée avec ses voiles amassés, et j'ai senti un peu son immense corps. L'aube et l'enfant tombèrent au bas du bois.

Au réveil il était midi.

Le poème, dont la compréhension globale et approximative ne pose pas de problèmes particuliers, est construit sur deux schémas narratifs parallèles : le premier, épico-religieux, évoque une expédition militaire (« camps », « entreprise »), où interviennent des motifs divins (« déesse ») et féeriques (« palais », « dôme », « quais de marbre ») ; le deuxième nous fait assiter au lever du jour, dont les différentes étapes sont suggérées de manière métaphorique :

1. Tout est encore dans l'ombre ; aucun rayon de lumière n'anime le paysage (« rien ne bougeait », « l'eau était morte », « les camps d'ombre »).

2. L'enfant, en marchant à travers bois, dérange les animaux, dont il voit la respiration (« les haleines ») les yeux ouverts (« les pierreries ») ou l'envol (« les ailes »).

3. Sur le sentier, plus dégagé que l'intérieur du bois, la lumière commence à pénétrer (« de frais et blêmes éclats ») une fleur dit son nom : faut-il comprendre qu'elle s'est ouverte, dégageant le parfum qui l'identifie ?

4. Le soleil, passant à travers les arbres et illuminant les brumes matinales qui stagnent dans les branches, ressemble à une cascade dorée (« wasserfall blond ») ou argentée (« cime argentée »).

5. L'enfant se met alors à courir à travers le brouillard qu'il s'amuse à battre de ses bras, comme s'il pouvait le dissiper lui-même (« Alors je levai un à un les voiles »).

Toutes ces conjectures sont probables. Mais nous n'avons pas le droit de substituer à l'univers fantastique de Rimbaud une description de la nature, puisque le poème annonce d'entrée le récit d'une embrassade mystérieuse (un accouplement ?) entre l'aube et l'enfant. Le texte poétique réalise, ou fait tenir pour réalisé, ce qu'il énonce : le lecteur n'a pas à décrypter le texte suivant un mode réaliste ou à se demander s'il y a eu, entre la déesse et le narrateur, un acte sexuel effectif.

Que s'est-il d'ailleurs passé, au juste ? Le poème se termine par un octosyllabe ambigu : « au réveil, il était midi ». Le sommeil avait-il succédé à la chasse de l'aube, ou celle-ci n'était-elle qu'un rêve longuement développé ? Peu importe : la valeur performative de l'énoncé poétique ne dépend pas du respect de la logique ou de la réalité du référent : « Ce qui arrive dans la poésie n'arrive jamais, ou toujours. Sans quoi ce n'est pas poésie véritable. Il ne faut pas qu'on doive croire que cela se produit vraiment » (Friedrich Schlegel, extrait de *L'Athenaeum,* 1798).

La poésie a donc ce pouvoir étrange de donner ce qu'elle dit en même temps comme irréel et comme réalisé ; cette contradiction est imposée au lecteur par l'emploi des formes discursives, et figurée par le jeu hermétique des images et des symboles.

2. Le discours poétique

À la suite du linguiste Émile Benveniste, il est habituel d'opposer le discours et l'histoire. Est histoire (ou récit) tout texte semblant s'énoncer de lui-même, sans l'intervention d'un locuteur. Dans le discours, au contraire, on entend quelqu'un, et on perçoit la réalité à travers son point de vue. Ainsi le début célèbre de *L'Étranger* de Camus (« aujourd'hui, maman est morte ») contient-il deux mots (« aujourd'hui », «maman ») dont la compréhension réelle exige qu'on ait répondu au préalable à ces deux questions : qui parle ? quand parle-t-il ? Mais l'opposition histoire/discours joue sur un nombre considérable de catégories linguistiques.

Les personnes

Les pronoms je (nous)/tu (vous) sont par excellence les marques du discours, par opposition à il(s) ou elle(s), non-personnes selon Benveniste ; on en rapprochera certaines appellations enfantines (papa, maman, tonton, etc.).

Les déterminations

Dans un énoncé quelconque, les déterminations sont de trois ordres. Pour moi qui parle, je peux dire indifféremment :

(a) ici
(b) dans la ville dont je viens de parler
(c) à Saint-Etienne

(b) oblige à établir un lien entre deux moments du discours, mais il en renforce la cohésion. Pour certains théoriciens qui donnent au terme une très large extension, ce type de détermination est *anaphorique ;*

(a) désigne les conditions de l'énonciation : « ici » est *déictique* (on dit aussi qu'il s'agit d'un *embrayeur*) ;
(c) renvoie à un référent géographique extérieur au texte.

Ces trois catégories (anaphorique/déictique/référentiel) sont applicables :
– aux notations spatio-temporelles (déictiques : ici, là-bas, maintenant, hier, etc.) ;
– aux démonstratifs et aux articles définis : « l'homme (ou cet homme) travaille » peut signifier « l'homme que je vois » (déictique) ou « l'homme dont j'ai parlé » (anaphorique).

Les temps

Quoique, pour des raisons évidentes, le discours soit plus souvent au présent que l'histoire, il n'y a pas de différences nettes pour l'emploi des temps, puisqu'il existe un présent et même un futur de narration.

Ex. : Napoléon est battu à Waterloo le 18 juin 1815 ; il mourra en 1821.

Une exception notable : alors que le passé simple, qui exprime l'action verbale au passé sans perception de durée, est un temps du récit et de l'écrit, le passé composé, qui marque la distance entre l'événement révolu et son énonciation, appartient à la logique du discours.

Les modalisations

(a) elle portait une robe verte
(b) elle portait la plus belle robe qui fût peut-être au monde

Il manque à (b) la couleur verte de (a) ; en revanche, s'ajoute un jugement de valeur (le superlatif), nuancé par l'aveu d'un doute (« peut-être »). Le jugement comme le doute nuance la description objective : il s'agit de modalisations, imputables au locuteur.

« Aube » (suite)

L'octosyllabe « J'ai embrassé l'aube d'été » comporte trois marques énonciatives :
– le « j(e) » qui, malgré son indéfinitude, installe avec force un locuteur-acteur, dont on apprendra seulement à la fin qu'il s'agit d'un enfant ;
– le passé composé (« ai embrassé ») confirme le sentiment que le « je » rapporte une aventure personnelle ;
– l'article défini (« l'aube ») distingue l'aube d'été des autres saisons et la singularise par une généralisation abusive (il y a autant d'aubes que de jours), authentifiant d'avance la personnification fantasmatique de l'aurore.

Tant que celle-ci n'est pas apparue, les imparfaits duratifs (« bougeait », « était », « quittait ») traduisent l'immobilité du paysage. Puis le mouvement du « je » déclenche une série d'actions mystérieuses où l'emploi du passé simple, parodiant le style de l'épopée, révèle le glissement du naturel au merveilleux. Malgré ces passés simples, le poids de l'énonciation est maintenu grâce à la mise en abîme du « je » : ce dernier est narrateur et acteur ; mais, acteur de l'histoire qui nous est donnée à lire, il intervient lui-même comme une instance qui décrypte des signes (« une fleur qui me dit son nom, je reconnus la déesse »).

Passé le moment de la révélation divine, le texte reflue vers un sensualisme naturel, et le passé composé sert à rappeler le souvenir nostalgique de cette jouissance (« je l'ai entourée », « j'ai senti »). Mais, comme dans un film classique, l'étreinte échappe à notre regard : « je » devient un enfant impersonnel, et le passé composé laisse la place au passé simple du pur récit, cette fois sans intention parodique (« tombèrent »). Enfin, quand le soleil est haut, il n'y a plus ni personne ni action : « il était midi ».

3. Le poème-objet

La forme matérielle qu'adopte le poème sur la page permet aussi à l'auteur de faire entendre sa voix singulière -ou plutôt, de la faire voir : depuis la fin du XIXe siècle, la dimension visuelle et graphique du poème a considérablement été réévaluée par rapport à sa nature vocale ; la mise au point de techniques capables de transmettre la parole sans recourir à la transcription alphabétique (le phonogramme, la radio, le téléphone) a probablement contribué à accroître l'autonomie de l'écrit par rapport à l'oral. S'impose ainsi l'idée que les éléments propres à l'écriture ou à l'imprimerie (la ponctuation, la disposition des signes, les caractères typographiques, etc.) sont dotés d'une force poétique *sui generis.*

3.1 La ponctuation

En prose, la ponctuation assure des fonctions logique et expressive :
– fonction logique : certains signes de ponctuation (virgule, point-virgule, deux points, point) aident à la segmentation du discours en unités elles-mêmes hiérarchisées et à l'établissement de liens de dépendance entre elles. Les deux points annoncent, par exemple, une explication ou un déve-

loppement, les parenthèses ou les tirets une rupture syntaxique ;
– fonction expressive : d'autres signes traduisent des faits d'intonation qui n'apparaissent pas dans le texte (points d'exclamation, d'interrogation, de suspension).

Dans les deux cas, la ponctuation n'a pas de valeur sémantique autonome ; elle sert seulement à guider le lecteur vers la bonne interprétation du texte, sans le recours de la voix. En poésie, elle acquiert un statut équivalent à celui des éléments du langage.

Le premier mode de dérèglement poétique de la ponctuation a consisté, au XIXe siècle, à en faire proliférer les signes, comme pour entraver la lecture (cf., chez Rimbaud, l'accumulation de tirets, points de suspension ou d'exclamation, etc.).

Au contraire, en 1912, alors que le recueil *Alcools* est à peu près achevé, Apollinaire décide d'en supprimer tous les signes de ponctuation, offrant aux poètes du XXe siècle un procédé dont ils feront un abondant usage.

3.2 La mise en page

La mise en pages d'un poème traditionnel obéit à des règles précises : l'alignement des vers à gauche, la majuscule à l'initiale de chaque vers et l'espace blanc entre deux strophes. Mais ce code était commun à tous les poèmes qui, d'un recueil à l'autre, se distinguaient seulement par des choix esthétiques annexes (les illustrations, le format, les caractères typographiques, etc). Récemment, les poètes ont pris conscience que la page offrait un espace vide et clos où la libre distribution des signes selon les deux dimensions du papier aboutit à une forme structurée et significative : dès lors, la poésie doit se penser concurremment dans le temps de la diction et dans l'espace d'un texte lisible, donc visible.

Dessins typographiques

La lettre, considérée d'assez loin, se présente comme un gros point aux contours irréguliers. Indépendamment de sa valeur linguistique, un ensemble de lettres a l'allure d'une surface grisée, grâce à laquelle le poète peut dessiner des formes. Bien sûr, le jeu n'a de sens littéraire que si le lecteur détecte une analogie entre le texte et ce qu'il figure, par mimétisme typographique (cf. les *Calligrammes* d'Apollinaire, voir ci-contre).

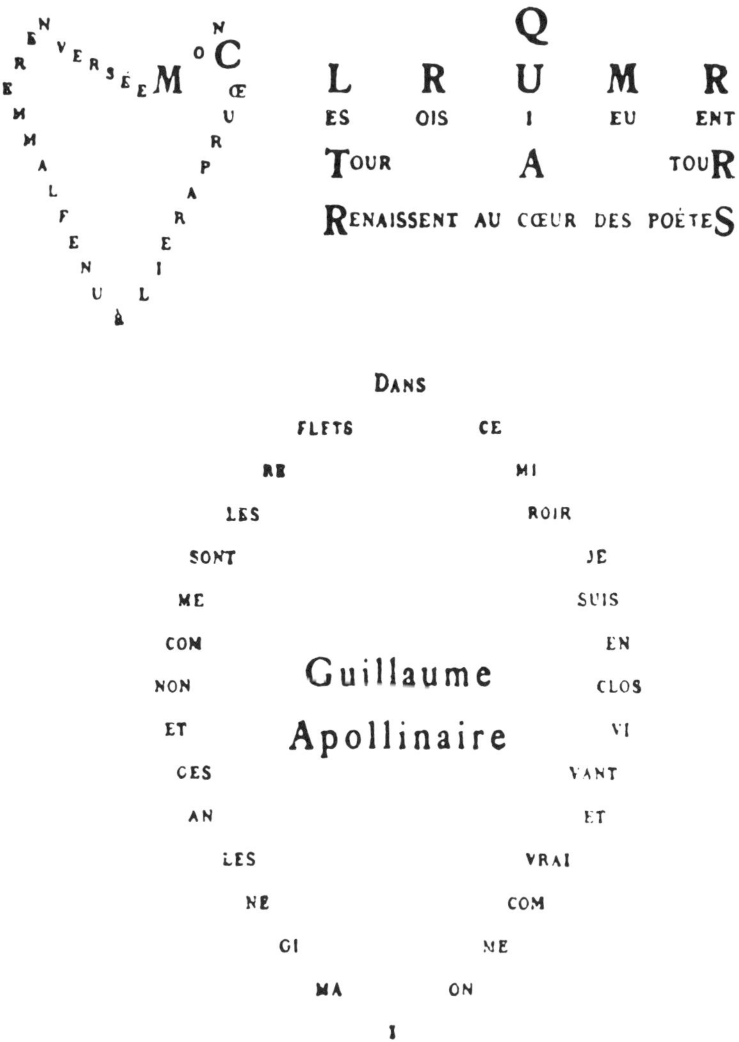

Calligrammes de G. Apollinaire, « Cœur, couronne et miroir ».

La typographie expressive

Pourquoi ne pas utiliser, outre la ponctuation, toutes les formes d'encodage qu'autorise la spatialisation du texte (place des mots dans la page, espacement des lignes, taille des caractères) ? C'est l'idée qu'applique Stéphane Mallarmé (voir ci-contre), pour faire d'*Un coup de dés jamais n'abolira le hasard* la parfaite transcription de la parole poétique, et comme une partition vocale : « de cet emploi à nu de la pensée avec retraits, prolongements, fuites, ou son dessin même, résulte pour qui veut lire à haute voix, une partition. La différence des caractères d'imprimerie entre le motif prépondérant, un secondaire et d'adjacents, dicte son importance à l'émission orale et la portée, moyenne, en haut, en bas de page, notera que monte ou descend l'intonation. »

Sans prétendre à un tel systématisme, beaucoup d'entreprises poétiques modernes visent, grâce à la libération spatiale du texte, à exprimer les formes primitives de la parole, désengagée, autant que possible, des contraintes scripturales. De là l'envahissement de la page par le blanc, qui mime le silence infini du monde et d'où émerge, brutalement et sans transition possible, la voix humaine.

Rythmes typographiques

Cependant, rien n'est plus difficile à interpréter qu'un blanc, à moins d'y lire en creux ce que le texte dit déjà – mais le profit littéraire est alors bien mince. Chaque poème en vers libres est en fait un cas particulier, qu'il faut aborder sans idées préconçues, en évitant soigneusement que le désir de l'exégèse ne lèse l'attention qu'exige l'absolue nouveauté du texte ; on se gardera de combler le blanc de gloses, ou, à l'opposé, de le réduire systématiquement à un camouflage, « déguisant en vers une prose ordinaire par les habitudes typographiques du lecteur » (Nicolas Ruwet, dans *Rhétoriques sémiotiques,* 1979). En elle-même, la valorisation de la typographie est d'ailleurs l'extension du principe poétique, qui veut que tous les plans du signifiant aient un signifié autonome mais participent à la production du sens global : tout signifie, à l'intérieur de la structure close du poème.

RIEN

de la mémorable crise
ou se fût
l'évènement

accompli en vue de tout résultat nul
humain

N'AURA EU LIEU
une élévation ordinaire verse l'absence

QUE LE LIEU
inférieur clapotis quelconque comme pour disperser l'acte vide
abruptement qui sinon
par son mensonge
eût fondé
la perdition

dans ces parages
du vague
en quoi toute réalité se dissout

Mallarmé : *Un coup de dés jamais n'abolira le hasard.*

4. Les ruses de l'autobiographie

Contre ceux qui recherchaient dans la biographie de Rimbaud les clés qui manquaient à l'élucidation des *Illuminations*, le théoricien Tzvetan Todorov affirmait : « On ne peut vraiment parler d'interprétation [...] le critique se contente d'identifier (de façon combien problématique) l'expérience qui aurait incité Rimbaud à écrire ce texte, il ne se demande pas ce qu'il signifie. » En effet, la lecture des textes poétiques ne doit pas se confondre avec l'enquête biographique qui, qu'elle le veuille ou non, réduit le texte au statut de document ou de prétexte. Mais, au-delà de cette évidence, la vraie question est de savoir s'il est toujours illégitime d'éclairer le poème par l'histoire de l'auteur, même lorsque ce détour paraît indispensable à l'interprétation littérale. Partons d'un exemple, emprunté aux *Poésies* de Mallarmé.

> Salut
>
> Rien, cette écume, vierge vers
> A ne désigner que la coupe ;
> Telle loin se noie une troupe
> De sirènes mainte à l'envers.
>
> Nous naviguons, ô mes divers
> Amis, moi déjà sur la poupe
> Vous l'avant fastueux qui coupe
> Le flot de foudres et d'hivers ;
>
> Une ivresse belle m'engage
> Sans craindre même son tangage
> De porter debout ce salut
>
> Solitude, récif, étoile
> A n'importe ce qui valut
> Le blanc souci de notre toile.

Là encore, deux thèmes s'entrecroisent dans ce poème : la navigation maritime (« écume », « sirènes », « naviguons », « poupe », etc.), et l'entreprise poétique dont Mallarmé et ses amis, comme Ulysse et ses compagnons (cf. l'allusion aux sirènes), sont les hardis protagonistes. La chute, présente au dernier vers, allie les deux isotopies : « le blanc souci de notre toile » désigne aussi bien la page blanche, qui symbolise l'esthétique mallarméenne du silence, que la voile de navire que surveillent les marins. Mais comment concilier la métaphore marine, qui implique ampleur et violence, et l'idéal de stérilité poétique qui parcourt le texte ?

C'est impossible, si l'on ignore que le poème, d'abord intitulé « Toast », fut prononcé à un banquet d'écrivains. Les deux premiers vers deviennent alors compréhensibles, une fois surmontées les difficultés syntaxiques habituelles chez Mallarmé : « cette écume » (la mousse de champagne et les mots sans importance que je prononce), qui est un « vierge vers » (un vers pur, vide de sens), ne doit servir à rien d'autre qu'à mettre en valeur la « coupe » (la coupe de champagne et la coupe poétique, c'est-à-dire, par synecdoque, la poésie réduite à sa forme rythmique). Soit trois interprétations complémentaires : le champagne que nous buvons n'est que le prétexte à faire un toast ; mon poème n'a pas d'autre prétention que de solenniser le toast que nous faisons ensemble ; la poésie doit tendre à une forme pure. Pourquoi alors, aux vers 3 et 4, la comparaison avec une troupe nombreuse de « sirènes » (...) à l'envers se noyant au loin ?

Puisqu'on ne distingue que des bulles, il est vraisemblable que le spectateur se trouve éloigné du lieu de la noyade ; l'inversion des sirènes peut enfin s'expliquer de deux manières : soit que, plongeant dans la mer, elles se trouvent queue en l'air, soit que ces fausses sirènes aient corps de femme et tête de poisson. Mallarmé désignerait ironiquement ses fidèles en hermétisme, qui auraient changé la voix harmonieuse des sirènes pour le mutisme des poissons. Dans tous les cas, le contexte est humoristique, et c'est encore sur le mode parodique que le poète-créateur développe, à partir de l'image des sirènes, le thème de la navigation ; ironique aussi l'allusion, dans la troisième strophe, au champagne qui, montant à la tête, risque de faire tanguer celui qui parle debout ; ironique enfin le n'importe quoi énigmatique qui clôt le toast, bouleversant les règles du genre :

> A n'importe ce qui valut
> Le blanc souci de notre toile.

Mais a-t-on le droit de restituer au texte grave de Mallarmé sa drôlerie initiale ? Oui, si l'on prend en compte la totalité du recueil de 1898 où, paraît « Salut ». Mallarmé le termine par une bibliographie, où « Salut » est désigné comme « ce sonnet, en levant le verre, récemment, à un banquet de *La plume*, avec l'honneur d'y présider », et il prend soin d'avertir, à la fin de cette note bibliographique, que « tant de minutie témoigne, inutilement peut-être, de quelque déférence aux scoliastes futurs ».

Il y a donc, selon les textes, deux manières pour le lecteur de traiter l'information biographique :

– si celle-ci constitue seulement le matériau brut du travail poétique, elle n'a pas à entrer en ligne de compte : la connaissance de la vie sentimentale de Lamartine est inutile à la lecture des *Méditations* ;
– lorsque l'autobiographie fournit la clé indispensable au décodage textuel et qu'elle est intégrée à la stratégie scripturale, elle fait partie du jeu rusé et retors que le poète présente à son lecteur, et où il convient que chacun tienne sa place : l'énonciateur, l'énoncé, le récepteur. C'est une des particularités de la poésie moderne d'avoir décentré la poésie de la littérature vers un espace intermédiaire, situé entre la vie et l'écriture.

5. L'HERMÉTISME POÉTIQUE

Le cryptage par l'autobiographie n'est qu'une des formes de l'hermétisme poétique. Par son caractère systématique, l'hermétisme fait passer de la question générale « qu'est-ce que ça veut dire ? » à « qu'est-ce qu'il veut dire ? », de l'énoncé à l'énonciateur, instituant une relation complice entre le lecteur et l'auteur, où les intuitions du premier répondent aux énigmes du second :

« Le poète, semblable au pigeon-voyageur, porte dans sa plume un message, que d'autres devront, pour en extraire le vrai sens, déchiffrer » (Reverdy).

« Ces lignes [il s'agit des poèmes hermétiques de *Mont de piété*] étaient l'œil fermé sur des opérations de pensée que je croyais dérober au lecteur. Ce n'était pas tricherie de ma part, mais amour de brusquer. J'obtenais l'illusion d'une complicité possible, dont je me passais de moins en moins » (A. Breton, *Premier manifeste du surréalisme*).

Défini comme *l'emploi volontaire de codes dont ni la tradition ni le texte même ne fournit la clé au lecteur,* l'hermétisme se retrouve, à des degrés divers, dans toute la production post-rimbaldienne et prend des formes multiples.

« Aube » (suite)

L'hermétisme intratextuel

Alors que l'intertextualité est, d'après la définition de Gérard Genette, « une relation de coprésence entre deux ou plusieurs textes » par le recours à l'imitation, à la citation ou à l'allusion, l'intratextualité recouvre l'ensemble des cas où un texte, suivant ces mêmes procédés, fait référence à lui-même. Le recueil poétique, qui se présente comme un ensemble clos d'éléments fortement individualisés, se prête particulièrement à cette pratique littéraire où les mots et les images se font écho d'une pièce à l'autre ; l'auteur, dialoguant avec lui-même, laisse apparaître, par le jeu souvent involontaire des reprises et des variations, les figures obsessionnelles de son imaginaire.

Chez Rimbaud, l'« aube d'été » intervient à deux autres reprises dans les *Illuminations*. Dans « Ornières », il est dit que « l'aube d'été éveille les feuilles et les vapeurs et les bruits de ce coin du parc, et les talus de gauche tiennent dans leur ombre violette les mille rapides ornières de la route humide » : cette description réaliste précise le référent probable des premiers paragraphes d'« Aube ». Surtout, « Bottom » nous rapporte la mésaventure d'un « je » (Rimbaud ?), condamné, une nuit durant, à contempler une beauté inaccessible sans en jouir sexuellement : « au matin, aube de juin batailleuse, je courus aux champs, âne, claironnant et brandissant mon grief, jusqu'à ce que les Sabines de la banlieue vinrent se jeter à mon poitrail ». La course matinale dénote clairement l'urgence du désir physique, qui trouve finalement à s'assouvir sans discernement.

Même si Rimbaud n'a pas lui-même constitué l'ensemble des *Illuminations*, publié par Félix Fénéon en 1886, l'obscurité de ses poèmes en prose trouve sa compensation dans les éclaircissements partiels qu'apporte une lecture transversale du recueil. L'hermétisme intratextuel, dont nous suggérons ici l'idée, constitue un des aspects majeurs de la poétique moderne, lié à l'esthétique du blanc et de la fragmentation ; elle oblige le lecteur à construire dialectiquement le sens par un constant aller et retour entre le poème et le recueil : à ce titre, elle condamne l'explication de texte traditionnelle, telle qu'elle est conçue dans l'enseignement secondaire français, à de stériles exercices d'école.

L'hermétisme étymologique

Dans le cadre d'un poème, le sens des mots est compréhensible au lecteur soit parce qu'il est celui du dictionnaire, soit parce qu'il résulte des figures de rhétorique. Cependant, il arrive parfois qu'à un mot soit attribuée une signification inusitée, *a priori* indétectable. Ainsi, nombre des difficultés lexicales que présentent les textes de Mallarmé, Valéry, Saint-John Perse ou d'autres après eux, découlent d'un procédé simple : à la signification du terme français se substitue celle du mot étranger ou antique dont il est étymologiquement dérivé. Les « camps d'ombre » d'« Aube » paraissent appartenir à l'isotopie guerrière qu'on retrouve à plusieurs endroits du texte : les commentateurs ont donc compris que les ombres étaient métaphoriquement assimilées à des soldats, dont le campement nocturne n'aurait pas encore été levé. Mais les « camps d'ombre » sont aussi les *campi umbrarum* latins, les champs habités par les ombres, autrement dit les champs Élysées ou encore les Enfers, évoqués dans l'*Énéide* de Virgile : ceci nous amène à une autre rubrique.

L'hermétisme intertextuel

Le jeu étymologique sur « camps d'ombre » fait basculer tout le poème. Au livre VI de l'*Énéide*, Enée, qui désire descendre aux enfers, doit au préalable cueillir le rameau d'or. Heureusement, il est guidé dans sa quête par deux colombes où il reconnaît les envoyées de sa mère Vénus, et celles-ci le conduisent jusqu'à un arbre « où le reflet de l'or éclate et tranche sur le feuillage». On aura repéré trois éléments du poème de Rimbaud : la fleur qui dit son nom, la reconnaissance de la déesse, le reflet doré dans le feuillage.

Tous les morceaux du puzzle sont à présent réunis : contrairement au récit d'*Une saison en enfer*, dont les troubles plaisirs évoquent inévitablement, sur fond de vertus chrétiennes, le mal et le péché, la descente aux enfers d'« Aube », dans le pur matin d'été, est toute exultation de joie enfantine de jouir de son corps, sans doute par la masturbation. Ce ressourcement dans le paganisme ancestral de l'Occident méritait bien le ton épique du texte, annulant des siècles de pudeur honteuse. L'exacte antithèse d'« Aube » se trouve dans le poème « Les Premières Communions », où une fille, la nuit et en cachette, s'abandonne à son instinct :

> Et l'enfant ne peut plus. Elle s'agite, cambre
> Les reins et d'une main ouvre le rideau bleu
> Pour amener un peu la fraîcheur de la chambre
> Sous le drap, vers son ventre et sa poitrine en feu.

Puis la fille sort pour « lever les spectres noirs des toits », sinistres équivalents des voiles blancs et lumineux de l'aube.

6. Les figures du risible

Les manœuvres du poète pour brouiller son message et dérouter son lecteur seraient un luxe absurde et ridicule si elles ne produisaient un vrai plaisir : plaisir des mots, des images et des sonorités, construction ludique de labyrinthes sémantiques et de culs-de-sac interprétatifs, amusement proposé, en toute connivence, à un public patient et prêt à payer de sa personne. Le réalisme de la prose est moins l'ennemi de la poésie qu'un sérieux mal compris, qui interdirait à la littérature le déploiement jubilatoire, voire comique, de l'imagination dans le langage : le rire est un élément constitutif du poétique, et les figures du risible, aussi rigoureuses dans leur mécanisme que les grands tropes de la rhétorique classique, et d'un emploi aussi honorable. En voici trois, parmi beaucoup d'autres :

Le calembour

Il consiste à faire entendre, à partir d'un seul signifiant phonique, deux signifiés distincts ; le procédé est notamment employé dans les rimes équivoquées, où excellait Mallarmé :

> Muse, qui le distinguas,
> Si tu savais calmer l'ire
> De mon confrère Degas,
> Tends-lui ce discours à lire.

(Ce discours à lire, poème, est d'ailleurs aussi discours à lyre)

Il fleurit aussi dans les textes équivoqués du surréalisme, comme cette étonnante parodie du *Notre Père* de Robert Desnos :

> Notre paire quiète, ô yeux !
> Que votre « non » soit sang (t'y fier ?)
> Que votre araignée rie …
>
> (« L'Aumonyme », *Corps et Biens*)

La syllepse

Elle est à la base de nombreux jeux de mots littéraires.

Ex. : Morts de Quatre-vingt-douze et de Quatre-vingt-treize (…)
Calmes, sous vos *sabots*, brisiez le *joug* qui pèse … (Rimbaud)

Par syllepse, « sabots » et « joug » renvoient aux révolutionnaires déguenillés et aux bovins auxquels ils sont, implicitement et ironiquement, comparés.

L'ironie

Derrière le calembour et la syllepse poétique s'entrevoient le sourire de l'auteur, et l'ironie du propos. Non pas l'ironie voltairienne, qu'une signalisation adéquate permet, pour un lecteur normalement cultivé et doué, de décrypter sans peine, mais une ironie beaucoup moins explicite, qui ne lève pas l'hésitation entre les différentes significations possibles, invitant le lecteur à prendre parti, quitte à devenir la victime des pièges et des leurres disposés dans le texte. Pour cette forme d'ironie indécidable, le théoricien anglo-saxon W.C. Booth (*A Rhetoric of Irony*, 1974) a proposé la notion d' « ironie instable », par opposition à l'ironie stable de l'époque classique. Ce rire ambigu est riche de potentialités poétiques :

1. Il ne découle pas seulement de procédés rhétoriques ; par la duplicité qu'il instaure dans le texte, il laisse voir que les réalités ne sont pas ce qu'elles paraissent, qu'elles pourraient être une chose et son contraire, et crée ainsi un espace d'indétermination qui correspond, en littérature, au questionnement philosophique de l'être. Ce rire de la pensée est ce que le théoricien Friedrich Schlegel a désigné du concept d' « ironie romantique » : « Une idée est un concept accompli jusqu'à l'ironie, une synthèse absolue d'absolues antithèses, l'échange constant et s'engendrant lui-même, de deux pensées en lutte. [...] Seule la poésie là encore peut s'élever à la hauteur de la philosophie ; elle ne prend pas appui, comme la rhétorique, sur de simples passages ironiques. Il y a des poèmes, anciens et modernes, qui exhalent de toutes parts et partout le souffle divin de l'ironie. Une véritable bouffonnerie transcendantale vit en eux » (*L'Athenaeum*, 1798).

2. Il est traditionnel d'opposer la logique, qui repose sur l'application d'un petit nombre de règles formelles, et la pensée analogique qui, malgré un illogisme de façade, suggère d'autres formes de cohérence — par exemple, les réseaux d'images qui forment la trame d'un poème. Ces deux modes de pensée limitent, chacun à sa manière, la liberté de l'imagination, que la vie a le pouvoir exclusif de délier de toute attache raisonnable. Il est l'auxiliaire, et peut-être le principal moteur, de toutes les « révolutions » poétiques depuis Baudelaire.

« Aube » (suite et fin)
Un point obscur demeure dans le poème : pourquoi l'enfant sent-il seulement « un peu » l'immense corps de l'aube ? Les brumes de l'aube sont, il est vrai, impalpables, et un « immense corps », n'est pas commode à saisir pour des bras d'enfant.

Ces deux explications également vraisemblables n'ont guère d'intérêt poétique et n'enlèvent rien à la gratuité apparente de la précision. Il faut revenir à un autre poème de Rimbaud, « Les Poètes de sept ans », qui évoque les frustrations littéraires et sexuelles d'un enfant, n'ayant pas d'autre plaisir que :

> En bas, -seul, et couché sur des pièces de toile
> Écrue, et pressentant violemment la voile.

L'oxymore « pressentant violemment » peut s'interpréter diversement :

1. Rimbaud désire violemment s'embarquer (cf. « Le Bateau ivre ») ; mais, enfermé chez lui, il ne peut que pressentir l'appel du large.

2. La voile désigne métaphoriquement la pièce de toile, le drap sur lequel s'est allongé l'enfant, qui se livre à des pratiques sexuelles solitaires. « Pressentant » fait calembour : pressentant = pressant tant (si).

Nous pensons donc que, dans le lexique personnel de Rimbaud, pressentir (ou « sentir un peu ») a fini par signifier presser tant. Ce calembour intratextuel éclaire le « j'ai senti un peu » d'« Aube ». L'aube n'est d'ailleurs pas seulement l'aurore, mais aussi, par syllepse, l'habit sacerdotal blanc, symbole de pureté. L'exaltation matinale de l'enfant s'achève par la profanation priapique du vêtement catholique : cette chute s'inscrit dans la logique du poème.

7

DU SENS

Le temps est loin où l'explication de la poésie se résumait à une sereine paraphrase du texte, et visait, avec le secours de quelques notions rhétoriques, à repérer les beautés dont l'auteur avait obligeamment parsemé son œuvre et la signification qu'il y avait incluse. Cette page-là est bien tournée ; le soulagement qu'il est légitime d'éprouver ne dispense pas de reposer, sur des bases qu'il faut définir, le problème du sens.

1. SIGNIFIANCE ET SIGNIFIOSE

Le plus important a paru d'abord de se prémunir des interférences entre l'analyse et ce qui était étranger au poème même, dans sa réalité immanente. On s'interdit de se reporter au référent de l'œuvre, ou aux circonstances biographiques qui pouvaient expliquer certains de ses aspects ; on évita de plaquer sur le texte des schémas interprétatifs préétablis ; on arrêta de croire que l'explication visait à l'élucidation d'une signification unique, dont la découverte enlèverait, du même coup, tout intérêt au poème. Celui-ci ne fut plus considéré comme la mise en forme, par un scripteur, d'un sens, mais comme une machine à produire du sens, dont l'activation dépendrait exclusivement du texte et du lecteur. Pour le distinguer du sens normal d'un énoncé linguistique, Michael Riffaterre a proposé d'appeler *signifiance* ce pouvoir spécifique grâce auquel tout acquiert une signification dans le poème. Car tout signifie : les mots, les blancs, les images, les sonorités ; et encore : le format, la typographie, la ponctuation, etc. Comme dans le crabe ou la baleine, tout est consommable en poésie, et c'est justement le problème : la prolifération incontrôlable des sens interdit à la limite le décryptage d'un seul. La signifiance dégénère en signifiose.

2. Le modèle herméneutique

Pour qu'un poème puisse encore faire sens, il faut que le texte mette en place des procédures de limitation et de contrôle, décelables par l'analyse. Cette démarche critique conduit à attribuer à une instance unique d'écriture le travail de cryptage et, corrélativement, à attendre du lecteur une interprétation, un travail *herméneutique* :

« Le but de l'herméneutique est la compréhension au sens le plus élevé. Maxime inférieure : on a compris tout ce qu'on a réellement saisi sans se heurter à une contradiction. Maxime supérieure : on n'a compris que ce qu'on a reconstruit dans toutes ses relations et dans le contexte. En fait également partie la maxime invitant à mieux comprendre l'auteur qu'il ne s'est lui-même compris » (F.D. Schleiermacher, *Herméneutique générale*, 1808-1810).

Schleiermacher formulait cette deuxième maxime de manière encore plus nette en 1805 : « Je ne comprends rien dont je ne saisisse la nécessité et que je ne puisse construire. Comprendre d'après cette dernière maxime est une tâche infinie. »

En apparence, l'herméneutique restitue à la figure de l'auteur ses prérogatives traditionnelles. Mais cette figure n'est pas celle de la biographie : elle se construit au cours du processus interprétatif et elle est, somme toute, l'incarnation fictive de l'hypothèse que, consciemment ou non, le lecteur le moins averti projette sur le texte dont il prend connaissance.

3. Quelques conseils pratiques

Pour être couronnée de succès, l'entreprise herméneutique doit être précise et méthodique. L'étudiant (car c'est à lui que ces conseils s'adressent) a intérêt, dès qu'il a le texte poétique entre les mains, à suivre un parcours immuable et familier, afin d'éviter d'inutiles hésitations ou, au contraire, de se précipiter gaillardement dans une mauvaise direction. Nous ne prétendons pas donner ici le schéma détaillé de l'examen exhaustif d'un poème, mais les étapes qu'il est indispensable de respecter, pour parvenir, en un temps raisonnable, à élaborer un commentaire cohérent.

1. Il faut lire le poème, et le relire autant de fois que nécessaire, pour élucider *toutes* les difficultés d'interprétation littérale (logique, syntaxique, lexicale) ou, du moins, pour les repérer : la plupart des explications manquées viennent de lectures paresseuses : non seulement les difficultés n'ont pas été résolues — qui pourrait vraiment le reprocher ? —, mais on n'a même pas remarqué qu'il y avait des difficultés.

1 bis. Si, à l'issue de la première étape, des obscurités subsistent, le lecteur ne doit pas oublier qu'il devra en rendre compte au cours de l'analyse : il est bien probable qu'en elles réside le secret du texte.

2. Toute explication est analytique, dissolvante. Avant de mettre en péril l'unité du poème, il convient d'en percevoir la ou les structures profondes, qui se laissent rarement saisir à la surface. Du reste, l'étude entière du texte n'est rien d'autre que la mise au jour de ces structures : dans cette deuxième étape il ne s'agit que d'une ébauche, une sorte d'architecture en pointillés.

3. La démarche interprétative est impossible si le lecteur n'est pas guidé par une intuition initiale, grâce à laquelle il élabore son hypothèse. Il n'y a pas de règle fixe pour susciter cette intuition : cela dépend à la fois de la nature du texte et des préférences techniques de l'analyste. Mais il est toujours préférable de partir des observations les plus formelles et les plus insignifiantes, pour construire un sens possible, plutôt que de s'appuyer sur le sens apparent qui s'offre immédiatement à l'esprit, ouvrant du même coup à l'étudiant l'enfer si fréquenté de la paraphrase.

4. Une fois que l'intuition critique a pris corps, il est temps de procéder à un examen plus systématique, pour conforter ou nuancer l'hypothèse. On passera en revue tout ce dont il a été question dans les chapitres précédents : cette étape est longue, parfois pénible, toujours indispensable. Rien de plus irritant que ces explications astucieuses dont les auteurs semblent dire à leur public : j'ai la bonne idée, à vous de faire le travail. Mais ne jamais perdre de vue l'unité du texte : la règle d'or est de *rendre compte du maximum d'observations ponctuelles grâce au minimum d'hypothèses générales.*

5. Le moment final est synthétique et évaluatif. C'est aussi le moment de l'examen de conscience : tout bien considéré, ai-je réellement surmonté les obstacles que j'avais observés à la première étape ? Puisque je désire convaincre, suis-je parvenu à me convaincre moi-même ? En critique littéraire comme partout, l'honnêteté intellectuelle est bien venue.

4. Le plaisir et le sens

Mais le plaisir ? Ne peut-on jouir d'un poème sans l'analyser ? Sans doute, comme on peut aimer les paysages sans être photographe. Évitons les fausses querelles : les lecteurs ne sont pas des brutes qui abusent de la littérature, ni les commentateurs des impuissants pervers. Lire et commenter sont deux activités essentiellement différentes : la première appartient à la sphère culturelle, comme visiter des musées ou pratiquer des sports, la deuxième continue cette antique tradition intellectuelle qui pousse l'homme à être plus conscient de soi, de ses actes, de ses pensées, et de ses plaisirs.

5. Un fou, une clé et un réverbère

À minuit passé, un fou, sous un réverbère, scrute le sol. Un homme compatissant passe : « Que cherchez-vous ? — Ma clé, explique le fou — C'est ici que vous l'avez perdue ? — Non, là-bas. » Le fou désigne un endroit, quelque part dans la nuit noire. « Mais pourquoi donc chercher ici ? » Et le fou de répondre : « Parce qu'il y a de la lumière. »

La critique littéraire aime la lumière des réverbères ; et comme elle n'est pas folle, elle sait trouver des fausses clés à volonté pour entrer dans les poèmes mystérieux. Mais il faut savoir résister à la facilité. L'essentiel demeure obscur ; nos lumières sont faibles, et il nous faut du temps pour progresser, à condition de ne pas s'agglutiner autour des réverbères. Roman Jakobson pensait qu'expliquer la littérature par un « je ne sais quoi » interdisait d'en parler en termes scientifiques ; il avait raison : disons « je ne sais pas encore quoi ».

BIBLIOGRAPHIE

Chapitre 1 : sélection de textes théoriques et d'arts poétiques, de la Renaissance à nos jours

• De la Renaissance au XIXe siècle (par ordre chronologique) :

1392 : DESCHAMPS, *L'Art de dictier.*

1405-1525 : *Recueil d'Arts de seconde Rhétorique*, publié par E. Langlois, Paris, 1902.

1548 : SÉBILLET, *Art poétique françoys.*

1549 : DU BELLAY, *Deffence et illustration de la langue françoyse.*

1555 : PELETIER, *L'Art poétique.*

1560 : RONSARD, *Abrégé de l'Art poétique françois.*

1574 : VAUQUELIN DE LA FRESNAIE, *Art poétique.*

1605 : MALHERBE, *Commentaire sur Desportes.*

1610 : DEIMIER, *L'Académie de l'art poétique.*

1674 : BOILEAU, *L'Art poétique.*

1716 : FÉNELON, *Projet de poétique* (écrit en 1714).

1744 : VICO, *Scienza Nuova.*

1758 : DIDEROT, *Discours sur la poésie dramatique.*

1787 : MARMONTEL, *Éléments de littérature.*
CHÉNIER, *L'Invention.*

1798-1800 : *L'Athenaeum* (revue des frères Schlegel).

1821 : SHELLEY, *Defence of Poetry.*

1827 : HUGO, *Préface de « Cromwell ».*

1844 : VIGNY, « La Maison du berger », *Les Destinées.*

1864 : HUGO, *William Shakespeare.*

15 mai 1871 : RIMBAUD, *Lettre à Paul Demeny*, dite *Lettre du Voyant.*

1882 : VERLAINE, *Art poétique.*

1886-1896 : MALLARMÉ, *Crise de vers.*

1895 : MALLARMÉ, *Quant au livre.*

• XXe siècle (par ordre alphabétique) :

ARAGON Louis, « La Rime en 1940 », in *Le Crève-cœur*, Paris, Gallimard, 1961.

BONNEFOY Yves, *L'Improbable et autres essais*, Paris, Gallimard, 1980.

BRETON André, *Manifestes du surréalisme*, Paris, Pauvert, 1962.

CLAUDEL Paul, *Réflexions et propositions sur le vers français*, Paris, Gallimard, 1925.

COCTEAU Jean, « Le Secret professionnel », in *Le Rappel à l'ordre*, Paris, Grasset, 1926.

MICHAUX Henri, *L'Espace du dedans*, Paris, Gallimard, 1944.

PONGE Francis, *Méthodes*, Paris, Gallimard, 1961 ; *Pratiques d'écriture*, Paris, Hermann, 1984.

REVERDY Pierre, *Le Livre de mon bord*, Paris, Mercure de France, 1948.

SUPERVIELLE Jules, « En songeant à un art poétique », in *Naissances*, Paris, Gallimard, 1951.

TZARA Tristan, "Gestes, ponctuation et langage poétique", in *Œuvres complètes*, Paris, Flammarion, t.V, 1982.

NB : À défaut de lire chacun de ces ouvrages, on consultera avec profit l'anthologie *L'Art poétique* de Jacques CHARPIER et Pierre SEGHERS, Paris, Seghers, 1956.

Chapitre 2

• Hormis les volumes qu'y a consacrés l'écrivain Robert SABATIER, il n'existe guère d'ouvrages récents sur l'histoire de la poésie, et il faut se reporter aux travaux monographiques ou aux histoires littéraires générales. Dans le relatif dénuement où nous nous trouvons, quelques titres méritent plus particulièrement d'être signalés :

LOTE Georges, *Les Origines du vers français*, Genève, Slatkine reprints, 1973 (1re éd. : 1949).

ZUMTHOR Paul, *Essai de poétique médiévale*, Paris, Le Seuil, 1972

PAYEN Jean-Charles et CHAUVEAU Jean-Pierre, *La Poésie des origines à 1715*, Paris, Colin, 1968.

WEBER Henri, *La Création poétique au XVIe siècle en France*, Paris, Nizet, 1955.

LAFAY Henri, *La Poésie française du premier XVIIe siècle*, Paris, Nizet, 1975.

RAYMOND Marcel, *De Baudelaire au surréalisme*, Paris, Corti, 1966 (1re éd. : 1940).

BERNARD Suzanne, *Le Poème en prose de Baudelaire jusqu'à nos jours*, Paris, Nizet, 1958.

Chapitre 3

• Sur les questions de rythme, il est indispensable d'acquérir une solide connaissance de la versification française. On en trouvera les éléments, plus ou moins datés, dans les ouvrages suivants :

DELOFFRE Frédéric, *Le Vers français*, Paris, SEDES, 1979.

ELWERT W. Theodor, *Traité de versification française des origines à nos jours*, Paris, Klincksieck, 1965.

LE HIR Yves, *Esthétique et structure du vers français d'après les théoriciens du XVIe siècle à nos jours*, Paris, PUF, 1956.

MAZALEYRAT Jean, *Éléments de métrique française*, Paris, Colin, 1974.

• Ceci fait, il conviendra de s'informer des débats contemporains concernant le vers, sa nature, son rythme ou sa diction :

CORNULIER Benoît de, *Théorie du vers*, Paris, éd. du Seuil, 1982.

KIBÉDI VARGA A., *Les Constantes du poème*, Paris, Picard, 1977.

MILNER Jean-Claude et REGNAULT François, *Dire le vers*, Paris, éd. du Seuil, 1987.

ROUBAUD Jacques, *La Vieillesse d'Alexandre*, Paris, Ramsay, 1988.

SPIRE André, *Plaisir poétique et plaisir musculaire*, Paris, Corti, 1949.

• Enfin, on prendra le temps de se familiariser avec deux œuvres monumentales, quoique d'un esprit très différent, sur la poésie française :

MESCHONNIC Henri, *Pour la poétique*, I, II, III, Paris, Gallimard, 1970-1973 ; *Critique du rythme*, Paris, Verdier, 1982 ; *Les États de la poétique*, Paris, PUF, 1985.

MORIER Henri, *Le Rythme du vers libre symboliste*, Genève, Presses académiques, 1943-1944 ; *Dictionnaire de poétique et de rhétorique*, Paris, PUF, 1989 (1re éd. 1961).

Chapitre 4

• On partira d'un manuel de phonétique, aussi clair et concret que possible, comme celui-ci :

THOMAS Jacqueline, BOUQUIAUX Luc, CLOAREC-HEISS France, *Initiation à la phonétique*, Paris, PUF, 1976.

• Mais l'étude des sons en poésie découle des principes de la phonétique distinctive et structurale, tels qu'ils ont été énoncés par Roman JAKOBSON : *Six leçons sur le son et le sens*, Paris, éd. de Minuit, 1976 ; *La Charpente phonique du langage*, Paris, éd. de Minuit, 1980.

• Sur l'application littéraire de ces notions de phonétique et de phonologie, on se reportera :

– d'une part, à un ouvrage théorique qui intéresse tout le champ de la poétique :

KERBRAT-ORECCHIONI Catherine, *La Connotation*, Lyon, Presses universitaires de Lyon, 1978.

– d'autre part à des études de cas, qu'on rencontrera au hasard des revues et des publications collectives, et dont la plus célèbre demeure :

Jakobson Roman et Lévi-Strauss Claude, « Les Chats de Charles Baudelaire », in *Questions de poétique*, Paris, éd. du Seuil, 1973.

Chapitre 5

• L'image est reine, chez les poéticiens comme chez les poètes ; on ne peut donc signaler ici que quelques livres particulièrement significatifs, tirés d'une très nombreuse production théorique.

Genette Gérard, *Figures III*, Paris, éd. du Seuil, 1972.

Gleize Jean-Marie, *Poésie et figuration*, Paris, éd. du Seuil, 1983.

Greimas Algirdas Julien, *Sémantique structurale*, Paris, Larousse, 1966.

Greimas Algirdas Julien, (dir.), *Essais de sémiotique poétique*, Paris, Larousse, 1972.

Groupe Mu, *Rhétorique générale*, Paris, Larousse, 1970.

Groupe Mu, *Rhétorique de la poésie*, Paris, éd. Complexe, 1977.

Klinkenberg Jean-Marie, *Le Sens rhétorique*, Bruxelles, éd. Les Eperonniers, 1992.

Le Guern Michel, *Sémantique de métaphore et de la métonymie*, Paris, Larousse, 1973.

Molino Jean et Tamine Joël, *Introduction à l'analyse linguistique de la poésie*, PUF, 1982.

Rastier François, *Sens et textualité*, Paris, Hachette, 1989.

Ricœur Paul, *La Métaphore vive*, Paris, éd. du Seuil, 1975.

Riffaterre Michel, *Sémiotique de la poésie*, Paris, éd. du Seuil, 1983.

• Enfin pour toute hésitation terminologique, l'ouvrage de référence est, outre le dictionnaire d'Henri Morier précédemment cité :

Dupriez Bernard, *Gradus*, Paris, UGE, 1984.

Chapitre 6

• Ici comme ailleurs, il est prudent de partir de l'aspect le plus facilement formalisable, à savoir l'énonciation :

Benveniste Émile, *Problèmes de linguistique générale*, I et II, Paris, Gallimard, 1966 et 1974, passim.

Cervoni Jean, *L'Énonciation*, Paris, PUF, 1987.

Coquet Jean-Claude, *Le Discours et son sujet*, Paris, Klincksieck, 1984-1985.

Kerbrat-Orecchioni Catherine, *L'Énonciation. De la subjectivité dans le langage*, Paris, Colin, 1980.

• Sur la « vi-lisibilité » du texte poétique, on compte plus d'articles, suggestifs mais brefs, que d'ouvrages argumentés ouvrant sur des applications concrètes. Citons ici, quelques publications collectives, auxquelles a contribué, à des titres divers, Anne-Marie CHRISTIN :

Écritures, systèmes idéographiques et pratiques expressives, Paris, Le Sycomore, 1982.

L'Espace et la Lettre, Paris, UGE, 10/18, 1977.

Rhétoriques, sémiotiques, Paris, UGE, 10/18, 1979.

• L'intrusion de l'énonciateur dans l'énoncé constitue, avec ses conséquences textuelles, un défi pour les poéticiens ; mêlée à d'autres problèmes théoriques, elle a donné lieu à quelques essais très éclairants ou excitants pour l'esprit :

CHARLES Michel, *Rhétorique de la lecture*, Paris, éd. du Seuil, 1977.

KRISTEVA Julia, *La Révolution du langage poétique*, Paris, éd. du Seuil, 1974.

TODOROV Tzvetan, *Symbolisme et interprétation*, Paris, éd. du Seuil, 1978.

• Venu d'un autre horizon théorique, un ouvrage récent examine avec beaucoup de pertinence la triade poétique que constituent le sujet, le texte et le référent :

COLLOT Michel, *La Poésie moderne et la structure d'horizon*, Paris, PUF, 1989.

• Enfin à propos des relations entre le rire et la poésie, on pourra lire :

EMELINA Jean, *Le Comique, essai d'interprétation générale*, Paris, SEDES, 1991.

VAILLANT Alain, *Le Rire*, Paris, éd. Quintette, 1991.

• Terminons par un remords bibliographique : il n'était pas possible, faute de place, de signaler les articles parus en revue, qui témoignent pourtant de la recherche la plus vivante. Il est donc impératif pour l'étudiant, quels que soient son niveau et le profit immédiat, parfois maigre, qu'il en retire, de se plonger dans les périodiques consacrés au langage et à la littérature : notamment *Langue française, Langages, Littérature, Poétique, Revue des sciences humaines, Textuel.*

INDEX DES NOTIONS

NB : L'index ne renvoie qu'aux passages où les notions sont explicitement définies.

N° de projet : 10017774 - (2) - 7 - (OSB - 80) – Août 1993
Imprimé en France par Pollina, 85400 Luçon - n° 63573